Le Connard,
enjeux et perspectives

DU MÊME AUTEUR :

Essais :

Colère ! – Contre les responsables de l'effondrement écologique, Delachaux & Niestlé, 2020

Pourquoi votre cerveau n'en fait qu'à sa tête – Connaître les biais cognitifs pour mieux les déjouer ! First, 2020

Bandes dessinées :

Si les hommes avaient leurs règles, avec Camille Besse, le Lombard, 2022

La Pollution cachée des choses, avec Camille Besse, La Plage Éditeur, 2020

Film :

C'était caché, avec Camille Besse – (série d'animation tirée du livre *La Pollution Cachée)*, Canal+ 2020

Musiques :

Imbécile heureux, l'Immaculée, 2009

Disque d'Or, La Manufacture du Disque, 2006

Michel Rocard, Nocturne, 2002

ÉRIC LA BLANCHE

Le Connard, enjeux et perspectives

Enquête sur un phénomène de société mal compris et sous-évalué

Michel LAFON

Note de l'auteur

J'admets avoir été un bon connard dans les premières années de ma vie d'adulte. Comme un certain nombre de mes jeunes camarades de l'époque, j'avais une fâcheuse tendance à penser que j'étais un être sinon exceptionnel, du moins singulier. Le monde que je connaissais était si étroit que je n'avais guère de mal à croire qu'il puisse tourner autour de moi. En tant que jeune connard, j'espère ne pas être allé trop loin trop souvent ; le fait est que je ne me prenais pas pour de la mouscaille et qu'il m'arrivait fréquemment de « piétiner la bordure ». J'étais en tout cas suffisamment ignorant, présomptueux et inattentif aux autres pour constituer un bon connard de circonstance, un solide modèle de milieu de gamme, certes pas trop virulent – du genre de ceux qui savent enrichir leur suffisance d'une pointe d'humilité – mais un connard quand même. J'espère être guéri aujourd'hui mais je crains toujours les rechutes. Je présente d'ailleurs mes excuses, rétroactives mais sincères, à toutes celles et ceux dont j'ai exténué la bienveillance.

118, avenue Achille-Peretti – CS 70024
92521 Neuilly-sur-Seine Cedex
www.michel-lafon.com

« L'histoire de toute société jusqu'à nos jours
est l'histoire de la lutte contre le connard. »

K. Marx – *Manifeste du Parti communiste* (brouillons)

Préambule

Ce livre est dédié à toutes les personnes qui, chaque jour, collaborent, coopèrent, s'associent, offrent, donnent, partagent, soutiennent, enseignent, encouragent, protègent, défendent, aident, servent, soignent, sauvent, lavent, livrent, transportent, conduisent ; à toutes celles et ceux qui mènent leur vie avec modestie et droiture, en respectant les règles communes sans marcher sur la gueule des autres ; à l'immense majorité de mes semblables, qui ne cherchent pas à se pousser du col mais qui sont pourtant exemplaires.

Je dédie ce livre à toutes celles et ceux qui gardent le sourire et refusent obstinément, malgré les connards qui les entourent, d'en devenir à leur tour.

Puisse ce livre (et un peu d'humour) les y aider.

Introduction

Enquête sur un phénomène de société mal compris et sous-évalué

Pourquoi lui ?

Le connard ne figure jamais parmi les principales préoccupations des gens, aux côtés de l'environnement, du chômage, du terrorisme ou du pouvoir d'achat. Et pourtant, il porte une responsabilité écrasante dans la quasi-totalité des maux qui nous affligent. Il se croit tout permis, multiplie les nuisances, épuise la patience de chacun et pourrit la vie de tous. Il est partout : au travail, dans la rue, sur les routes, dans les transports, les magasins, à la tête de certains États et jusqu'au cœur de nos familles. Il frappe sans prévenir et laisse ses victimes – le plus souvent des femmes, qu'il vise en priorité – humiliées, atterrées, indignées, excédées. À la fin, si l'on additionne l'ensemble de ses incivilités, il coûte des milliards en nettoyage, heures perdues, retards, fatigue, burn-out, calmants, frais de justice… Et pourtant, personne ne le met en cause. Personne ne le nomme. Tout le monde subit, râle, fait le dos rond et le supporte comme la fatalité qu'il n'est pas. Même lorsqu'il occasionne un grand mouvement de colère comme le phénomène #metoo, il n'est pas nommé. Le connard est l'éléphant dans la pièce, comme disent les Anglais, un sujet important, évident, énorme, dont chacun constate quotidiennement la présence mais dont personne ne parle. Ainsi, tout le monde s'en plaint, chacun le redoute, il rend les gens dingues, et pourtant presque personne jusqu'ici ne l'avait étudié sérieusement.

Consacrer un livre au connard, personnage à la fois commun et méconnu, ne relève donc ni de la plaisanterie ni de la provocation : c'est un sujet fascinant et une tâche aveugle dans nos sociétés qui pourtant dissèquent, analysent et classifient tout : nos goûts, nos opinions, nos mœurs, nos comportements, nos achats, nos datas.

Pas vu pas pris

Le langage commun confond souvent le con (idiot, imbécile) et le connard (sans-gêne, nuisible, incivil). C'est une erreur, comme celle de mélanger la bêtise et la méchanceté. La confusion que le grand public fait entre *con* et *connard* bénéficie grandement à ce dernier. Faute d'être précisément identifié, il peut continuer à éreinter notre indulgence en toute impunité. Telle la poussière, il s'insinue partout et grippe peu à peu la société : plus rien ne fonctionne correctement, tout est ralenti, pénible et, à la fin, nul ne sait pourquoi les institutions, les entreprises – sans parler des relations de voisinage ou des organisations politiques – se mettent à tousser, à peiner et à s'essouffler. C'est à cause de lui. Sous son influence, le TPMG (tout pour ma gueule) se répand. Le niveau de coopération baisse. L'efficacité diminue. La bonne volonté se tarit. Faute de comprendre qu'un frein inutile ralentit le système, l'honnête citoyen est alors envahi d'une immense fatigue. Il ne comprend plus ce qui se passe, ne sait plus pour qui voter, ni à quel saint se vouer.

Qu'il ne cherche plus : la plupart de ses maux n'ont souvent qu'un seul et unique responsable, tranquillement occupé à abuser des situations et à servir ses intérêts : le connard.

Anatomie

Qu'est-ce exactement qu'un connard ? Pour commencer, nous prendrons un peu de temps pour le définir et comprendre précisément qui il est. Nous pourrons ensuite répondre aux questions suivantes : pourquoi le croise-t-on si souvent ? Pourquoi est-il si souvent un homme ? Et enfin, pour qui se prend-il ? Les rares études scientifiques qui se sont intéressées à lui (souvent sans le nommer) ont pour objet les incivilités : l'impolitesse, le harcèlement, les agressions interpersonnelles, les abus divers et variés dans la vie réelle ou sur les réseaux sociaux. Elles nous permettent d'y voir un peu plus clair. Certaines ont tenté de comprendre sa psychologie, d'autres de calculer combien il nous coûte en matière de sociabilité, de confiance en l'autre, d'optimisme et, pour tout dire, de bonheur. Car, comme nous le verrons, il existe un lien fort entre la connardise et le niveau de bonheur général : ils sont inversement proportionnels.

C'est quand le bonheur ?

Les rapports à ce sujet, notamment le « Rapport mondial sur le bonheur » (« World Happiness Report »), sont clairs : les pays qui luttent le plus efficacement contre le connard sont en tête des nations les plus heureuses du monde. Un petit nombre d'États, scandinaves pour la plupart et réputés pour leur sens de l'autodiscipline et de l'égalité, leur grande rigueur morale et le peu d'espace qu'ils laissent à leurs connards, trônent au firmament de ce rapport[1]. Leurs scores confirment ce que chacun ressent intuitivement : moins il y a de connards quelque part et plus les gens sont heureux (la France est 21e, les USA 19es). Ainsi, le niveau du TMC (taux marginal de connardise) d'un pays est inversement proportionnel au bonheur ressenti par sa population. Les comportements égoïstes, irrespectueux et malhonnêtes du connard laminent la bonne volonté, gaspillent les forces et épuisent l'optimisme collectifs. La capacité à affronter les immenses défis qui s'annoncent repose donc, pour nos sociétés contemporaines, sur notre aptitude à endiguer le gougnafier et à le rendre inoffensif, qu'il soit en haut ou en bas de l'échelle sociale. Notre résilience collective est à ce prix : plus nous le laisserons nous piétiner la pastèque, moins nous disposerons de ressources pour affronter l'avenir.

Produit d'une époque

En attendant, il reste là, inébranlable et réjoui, fièrement dressé parmi les décombres de la patience de ses concitoyens, produit toxique d'une société dont l'idéologie le valorise plutôt qu'elle ne le condamne. Car il faut bien, si l'on veut parler du connard, évoquer ceux, nombreux, qui persistent à le protéger et à voir en lui on ne sait quel modèle d'individu libre, viril et perturbateur, genre d'aiguillon prétendument bénéfique. On peut légitimement soupçonner ces invétérés défenseurs du connard de se défendre eux-mêmes. Ce système de pensée connardier contribue en tout cas à

1. Le WHR est un indice qui mesure le rapport entre PIB par habitant, soutien social, espérance de vie en bonne santé, liberté dans les choix de vie de l'individu, générosité perçue et faible niveau de corruption perçue.

faire de nos sociétés de véritables fabriques du parasite. Les conséquences sont graves : faute de connaître son ennemi et exaspéré par les démangeaisons, une bonne partie du corps social ne sait plus vers qui se tourner (le connard est partout) et tend à suivre le premier qui lui désigne des boucs émissaires. Mais le pire, c'est qu'il est contagieux : en pompant l'air aux autres, le connard les pousse peu à peu à se comporter comme lui. C'est humain : comment l'honnête citoyen, pénalisé en permanence par les resquilleurs qui contournent les règles (et qui s'en vantent), ne serait-il pas tenté, à son tour, de s'en affranchir ?

Salut public

L'objectif est d'engager un effort collectif afin de faire redescendre le taux marginal de connardise à son seuil d'incompressibilité. Il nous faut donc collectivement l'étudier méthodiquement, inlassablement, depuis l'intérieur de nous-mêmes jusqu'aux alpages du pouvoir où il fleurit parce que c'est là, vers les sommets, qu'il tente généralement de faire bénéficier le monde de ses « talents » : dans la haute administration, à la tête des partis politiques et des grandes entreprises, dans les médias, les états-majors, les réseaux d'influence, etc., sans compter, bien sûr, les magistratures suprêmes.

Pour cela, nous pouvons nous inspirer de sociétés qui ont su développer des stratégies parfois très anciennes mais tout à fait efficaces pour l'endiguer. Car c'est finalement à un très vieil adversaire de la civilisation que l'humanité a affaire. La connardise n'est rien d'autre qu'une forme de *crasse sociale* contre laquelle les mesures d'hygiène basiques fonctionnent. Une brosse, un peu de savon et une bonne douche (froide, si possible) : voilà tout ce dont nous avons besoin – métaphoriquement – pour nettoyer le sens moral défectueux du connard et l'empêcher de déchiqueter la mansuétude du peuple.

Partie I : Le connard, cet inconnu

Une figure psychosociale aussi obscure que familière

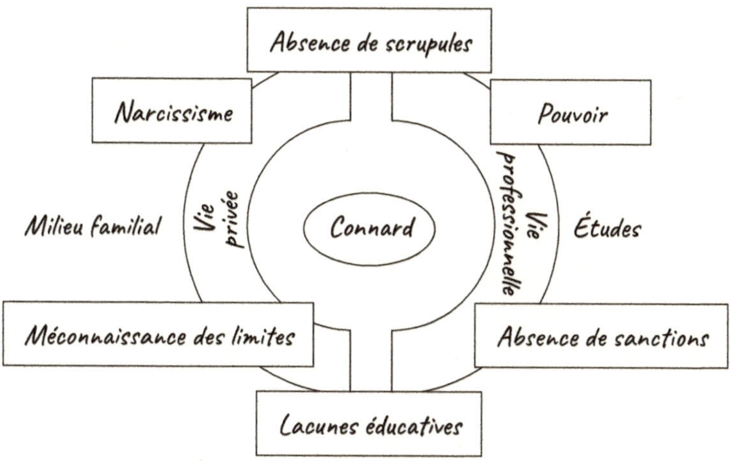

Cas pratique

Pas une lumière

Dans une voiture qui file sur la nationale, le conducteur roule pleins phares, même lorsqu'il croise d'autres véhicules. Son passager, un auto-stoppeur, le lui fait remarquer. Il maugrée, repasse alternativement en feux de croisement sur quelques kilomètres puis se remet pleins phares et n'en bouge plus. Les voitures en face lui font des appels mais le conducteur s'en moque. Son passager lui fait une nouvelle remarque. « Qu'est-ce que ça peut vous foutre ? » assume-t-il, avant d'explique qu'il a calculé les risques de se faire arrêter par la gendarmerie et qu'ils sont quasiment nuls. « Et quand je vois une voiture de flics, je suis pas con, j'éteins », s'esclaffe-t-il. Il ajoute enfin que, si ça devait arriver, de toute façon, il lui suffirait de plaider l'étourderie.

Après ça, il assure qu'il fait aussi plein de choses « super » (en gros, lorsqu'il respecte le code de la route) puis explique que rouler pleins phares, pour lui, c'est un peu une façon de « niquer le système ». C'est son « petit espace de liberté ».

Définitions

Entre con et connard, des confusions dommageables

Pas bête

Un grand nombre d'études tout à fait intéressantes sur la connerie et ceux qui en souffrent ont paru ces dernières années. Certaines, comme le fameux *Psychologie de la connerie*[1], ont été des succès de librairie mérités, mais aucune ne s'est intéressée au connard. Aucune n'a encore établi de différence nette entre le *con* et le *connard*, la *connerie* et la *connardise*. C'est un oubli majeur. Focalisées sur la bêtise, ses curieux mécanismes et ses infinis développements, elles ont manqué un phénomène bien plus intéressant à maints égards ; le connard tapi dans son ombre. Or, un *connard* et un *con*, ce n'est pas la même chose : le connard n'est pas forcément un con et un con n'est pas automatiquement un connard. Cette différence entre les deux termes, nous la connaissons instinctivement : nous savons bien que traiter quelqu'un de connard, ce n'est pas la même chose que le traiter de con.

Un chat un chat

Écrire le mot *connard* en gros sur la couverture d'un livre comme celui-ci, c'est amusant et ça ressemble à un coup de com'. L'auteur tient donc à préciser qu'il

1. *Psychologie de la connerie*, sous la direction de Jean-François Marmion, éditions Sciences humaines, 2018.

aurait préféré utiliser un terme moins vulgaire, plus académique comme *butor, discourtois, égoïste, gougnafier, goujat, incivil, inconvenant, incorrect, indélicat, insolent, irrespectueux, irrévérencieux, malappris, mal élevé, malotru, malpoli, malséant, mufle, narcissique, offensant, sans-gêne*... mais aucun ne convenait. Aucun n'avait la précision, la puissance évocatrice, la facilité d'usage et la saveur teintée d'exaspération du terme *connard*. Aucun mot ne claquait comme celui-ci. Quant aux termes empruntés au vocabulaire de la psychiatrie, comme *pervers narcissique* ou *psychopathe*, ils donnent au personnage une connotation pathologique excessive. Contrairement au psychopathe, le connard comprend parfaitement les règles morales ; il ne les bafoue que lorsqu'il peut en tirer un intérêt personnel. Bref, le connard n'est pas un malade, c'est seulement un malappris ; et s'il souffre de quelque chose, c'est plus certainement de l'absence de taloches que de la bienveillante attention d'un thérapeute.

Le con

Con-génital

Le mot *connard* dérive du mot *con*, commençons donc par la définition de celui-ci. Selon le dictionnaire Le Robert, *con* est synonyme *d'imbécile* et *d'idiot*, ce à quoi Le Larousse ajoute *stupide* mais on pourrait également compléter par *andouille, benêt, bête, buse, crétin, cruche, gourde, niais, sot*, bref, tout le monde voit parfaitement ce que c'est qu'un con. Le con est également l'un des anciens noms du sexe de la femme mais plus grand monde ne l'appelle comme ça depuis longtemps. Étymologiquement parlant, il est issu de la racine latine *cunnus* qui désigne à l'origine un fourreau, une gaine. On suppose que con est devenu une insulte par association à l'impuissance et à la passivité supposées de l'organe en question.

Quoi qu'il en soit, le con, il n'y a pas grand-chose de plus à en dire ; il est impossible de lui échapper, d'abord parce qu'il est partout, et ensuite parce que nous en sommes tous. D'ailleurs, si vous évoquez le titre de ce livre autour de vous, vous entendrez fréquemment affirmer qu'on « est tous le con de quelqu'un », c'est peut-être vrai mais :

1. ce n'est pas valable avec le connard : on peut parfaitement n'être le connard de personne.

2. Et ensuite, ce n'est pas le sujet du livre. Ici l'on traite du connard, pas du con.

Con-damnés

Nul besoin de s'étendre sur la question de la connerie : c'est une aporie, un cul-de-sac. Toute l'histoire intellectuelle de l'humanité n'est rien d'autre que la lutte immémoriale de la connaissance contre l'ignorance, de la sagesse contre la folie, de la lumière contre les ténèbres, du doute contre la certitude, de la vérité contre l'illusion, bref, de l'intelligence contre la connerie. Que pourrait-on y ajouter de pas trop con qui n'ait déjà été dit ? Que la connerie est le propre de l'homme ? Que l'intelligence est l'exception plutôt que la règle ? Que les médiocres performances de notre appareil cognitif et la virulence des innombrables biais qui l'handicapent[1] nous condamnent inéluctablement à être cons ? Que nous ne disposons le plus souvent que d'informations incomplètes, tronquées, déformées qui ne permettent qu'une appréhension grossière et mal reconstruite du monde ?

1. Voir *Pourquoi votre cerveau n'en fait qu'à sa tête*, Éric La Blanche, First, 2020.

Que la plupart des grandes décisions de notre vie doivent malheureusement être prises au doigt mouillé, dans un état de méconnaissance avancé de la réalité ? Comment être absolument certain qu'une option est la bonne ? Stop ou encore ? Le rouge ou le noir ? Fromage ou dessert ? Face aux multiples problèmes qui nous occupent au quotidien, nous devons le plus souvent accepter de nous jeter à l'eau sans connaître sa température ni même savoir si c'est bien de l'eau (le plus souvent, c'est autre chose). Choisir d'agir, c'est donc toujours accepter le risque de faire une connerie, et s'il fallait attendre de tout connaître avant de peser chaque décision, nous ne déciderions jamais rien. Et nous serions encore plus cons.

Le connard

Étymologie

Étymologiquement, *connard* est formé par suffixation avec l'affixe péjoratif *-ard*. Le connard est donc un mauvais con. Il est également possible que le mot ait été influencé par *cornard* (synonyme de cocu, qui porte des cornes, victime de l'adultère) ce qui ne change rien à son sens actuel de *sous-con*. On notera avec intérêt que le mot *connasse* possède une étymologie légèrement différente puisque la connasse désignait à l'origine une prostituée inexpérimentée. Bref, rien de très surprenant : dans notre joyeuse civilisation, il est fréquent d'insulter un homme en sous-entendant que ses enfants ne sont pas les siens. On le traite donc de cocu et sa femme de prostituée. Quant à l'enfant, il devient un *fils de pute* ou un *bâtard*, c'est-à-dire un enfant adultérin, sans ascendance mâle certaine. Nos insultes nous ressemblent.

Connarde ou connasse ?

L'usage commun considère généralement que *connasse* est le féminin de *connard*. C'est, nous semble-t-il, une erreur ou, tout au moins, une regrettable imprécision. Le mot *connasse* désigne en effet « une femme sotte et désagréable, voire méprisable ». Cette définition n'est donc pas l'exacte transposition du mot *connard* au féminin. Elle ne véhicule pas les mêmes notions que son équivalent masculin et n'évoque nullement une quelconque absence de scrupules. La connarde n'est ni une conne, ni une connasse. Tout au long de cet ouvrage, nous utiliserons donc le néologisme *connarde* plutôt que *connasse* pour plus de précision. Cela étant, la quasi-totalité – 85 % selon nos évaluations – des représentants du genre *connard* étant des hommes, leurs homologues féminines ne seront pas trop malmenées dans ce livre.

Séquence pédagogique

Pour bien mesurer la différence entre le con et le connard (ou la connarde), et comme un bon exemple vaut mieux que mille mots, voici donc une situation pratique :

Sans doute mécontent de vous voir respecter les limitations de vitesse et les distances de sécurité sur une petite route sinueuse et glissante par un soir de pluie brumeux, un jeune conducteur qui vient de visionner le dernier épisode de *Fast & Furious* vous inflige une acrobatique queue-de-poisson doublée d'un doigt d'honneur pour impressionner sa passagère. Ce faisant, il vous contraint à freiner en urgence et à vociférer : « Non mais quel connard ! »

Question : le jeune cinéphile mérite-t-il ce qualificatif ?

Nous avons ici l'exemple d'un comportement qui relève à la fois du *con* et du *connard*. *Con* parce que le chauffard met par pure bêtise la sécurité des occupants de deux véhicules en danger, sans compter ceux qui pourraient arriver en face. Mais surtout *connard* parce que seuls les véhicules d'urgence sont autorisés sous certaines conditions – dont la présence d'un gyrophare allumé – à déroger aux règles du code de la route. L'identification au personnage de chauffard interprété par le comédien Vin Diesel ne constitue certainement pas une circonstance atténuante. Comme beaucoup de jeunes hommes, le conducteur se prend malheureusement pour quelqu'un d'autre et confond ses poussées de testostérone avec des invitations à la paraplégie.

Terminologie

Les dictionnaires les plus usuels de la langue française, le *Grand Larousse* et *Le Petit Robert* ne font curieusement pas de réelle distinction entre les termes *con* et *connard*. On les excusera en rappelant que l'argot n'est pas leur spécialité. Le Wiktionnaire, dictionnaire universel libre et en ligne, est en revanche plus précis. Par *connard*, il désigne :

« Quelqu'un qui se comporte de façon déplaisante ou déplacée, par manque d'intelligence, de savoir-vivre ou de scrupules. »

Nous retrouvons donc ici la nuance que nous avons évoquée : c'est son comportement qui définit le connard et non son intelligence. Sur les trois types de connards présentés dans la définition, le plus intéressant – et le plus haïssable – est certainement le connard par manque de scrupules. On rappellera – le mot est amusant – qu'un scrupule, du latin *scrupulus*, était à l'origine un petit caillou pointu, de ceux qui se mettent dans les sandales et empêchent de marcher. Au sens figuré, il exprime le « doute ou l'hésitation que l'on éprouve à la peur de mal faire ou d'être importun », toutes choses dont le connard se fiche éperdument. Au contraire, il aime déclarer qu'il *s'en bat les couilles* – et nous verrons plus loin pourquoi cette partie de son anatomie est tellement importante pour lui.

American asshole

En 2012, le professeur de philosophie Aaron James a écrit un livre intitulé *Assholes: A Theory*[1], qui signifie littéralement *Trous du cul : une théorie*. Il définit l'*asshole* comme : « une personne qui se permet systématiquement de bénéficier d'avantages spéciaux dans ses relations sociales en vertu d'une conception profondément ancrée de ses droits qui l'immunise contre les plaintes des autres[2] ».

Nous avons donc ici une définition très proche de celle du Wiktionnaire, à ceci près que ce cher Pr James y ajoute l'intentionnalité, le systématisme et l'incapacité à se remettre en question : le *asshole* américain est *délibérément* un connard. Son droit à la connardise est profondément ancré dans sa psyché. Les deux mots, *asshole* et *connard*, ne sont donc pas tout à fait équivalents : le *asshole* est en moyenne moins inhibé, plus démonstratif, plus sûr de lui bref, plus… américain ! Le mot est donc légèrement plus fort que notre *connard*. Il désigne une personne qui pense réellement qu'elle est meilleure que les autres. L'*asshole* décrit par A. James est donc sous nos longitudes un peu

1. Aaron James, *Assholes: A Theory*, Nicholas Brealey Publishing, 2012.
2. Traduction de l'auteur.

plus qu'un simple connard : c'est un connard caractérisé, un *vrai* connard, un connard *professionnel* ou *de compétition*, bref, un *super connard* et fier de l'être comme seuls les États-Unis, patrie de l'affirmation de soi, savent parfois en élire. Notre connard à nous est plus discret (mais pas moins désagréable).

Zéro sale-con

Robert Sutton, professeur de management américain à l'université de Stanford, a également écrit un excellent ouvrage : *Objectif Zéro-sale-con*[1] *(The No-Asshole Rule)*, dans lequel il s'intéresse spécifiquement au connard dans le monde de l'entreprise. Il propose à tous les managers soucieux d'économies et d'efficacité de s'en débarrasser sans tarder. Il n'en donne pas de définition précise, mais l'identifie à partir des outrages qu'il inflige aux autres :

Premier critère : la victime se sent-elle « agressée, humiliée, démoralisée ou rabaissée ? En particulier, la cible se sent-elle encore plus nulle ? »

Deuxième critère : le connard s'attaque-t-il aux « petits », de préférence à ceux qui sont plus puissants que lui ?

R. Sutton établit ensuite la liste de douze « vacheries » qui permettent à coup sûr d'identifier le connard au travail, puis démontre à son lecteur que le connard n'a, contrairement à une idée assez répandue, aucune espèce d'utilité au sein de l'entreprise : il n'est qu'un incompétent dont il faut se débarrasser au plus vite parce qu'il occasionne des coûts aussi sous-estimés que faramineux. Mais nous verrons cela plus tard.

1. Robert Sutton, *Objectif Zéro-sale-con*, Vuibert, 2007.

Les douze vacheries[1]

1. Lancer des insultes personnelles
2. Envahir l'espace personnel d'autrui
3. Imposer des contacts physiques importuns
4. Proférer des menaces et pratiquer des formes d'intimidation verbales et non verbales
5. Dissimuler des propos vexatoires sous des plaisanteries sarcastiques et de prétendues taquineries
6. Envoyer des emails cinglants
7. Critiquer le statut social ou professionnel
8. Humilier par des remontrances publiques
9. Couper grossièrement la parole
10. Porter des attaques hypocrites
11. Jeter des regards mauvais
12. Traiter les gens comme s'ils étaient invisibles

Téflon

Aaron James comme Robert Sutton insistent sur un point important : le connard est « immunisé contre les plaintes », et c'est lorsqu'il est critiqué qu'il révèle sa nature profonde. Pour le dire plus simplement, le connard n'admet jamais ses torts et c'est à ça qu'on le reconnaît. Son incapacité à se remettre en question le définit avec plus de certitude que les préjudices qu'il cause. Alors, avant de traiter une personne de connard, vérifiez toujours qu'elle ne manifeste ni remords ni doute. Si c'est le cas, vous pouvez y aller ! Cette astuce atteste la nature du connard plus sûrement que le port d'une Rolex.

---

1. Extrait *d'Objectif Zéro-sale-con*, *op. cit.*

Nous prendrons donc :

Définition officielle

Connard (n. m.) : personne qui se comporte de façon déplaisante ou déplacée, par manque d'intelligence, de savoir-vivre ou de scrupules et qui est immunisée contre les plaintes des autres.

Nous utiliserons cette définition tout au long de l'ouvrage afin de circonscrire précisément le champ de notre étude, mais nous nous rappellerons qu'il en existe une définition populaire, beaucoup plus pratique :

Le connard est quelqu'un qui se croit tout permis.

Cette définition est imprécise mais elle a le mérite d'être efficace. Elle indique que le phénomène est parfaitement identifié par la langue populaire. Et si vous entendez dans une discussion des expressions comme : « Il ne se sent plus » ; « Où se croit-elle ? » ; « Pour qui il se prend ? » ou « Elle n'a pas honte ? », il y a de fortes chances qu'un spécimen traîne dans les parages.

Bien nommer les choses

Pour bien illustrer la différence entre les termes *con* et *connard*, voici une liste de faits divers (réels)[1]. Amusez-vous à déterminer auquel des deux termes ils font référence. Dans plusieurs cas, la frontière entre les deux est discutable :

– Pour justifier son alcoolémie, il explique qu'il est cracheur de feu.

– Bretagne : à 3,44 g, il tente d'échapper aux gendarmes au volant de sa voiturette.

– Il rate son tour de magie et plante un clou dans la main de la présentatrice.

– Avignon : il attaque le distributeur de préservatifs à la disqueuse.

– En excès de vitesse, il accuse le vent « de l'avoir poussé ».

– Il tente de braquer son bar habituel, les clients le reconnaissent.

– On ne lui dit pas bonjour ? La mamie incendie le hall d'immeuble.

– Le chien du voisin monte sa chienne de race ? Il porte plainte.

– Bretagne : handicapé d'un bras, il roulait à 150 km/h avec une bière à la main.

– Il quitte sa femme, sa voiture et l'autoroute à pied car il ne supporte pas d'attendre au péage.

– Laurent Wauquiez fait mesurer son bureau par l'UMP pour s'assurer qu'il n'est pas plus petit que celui de NKM.

– F. Philippot utilise un pass sanitaire pour aller manifester en Italie contre le pass sanitaire.

---

1. Issus de Topito.

Connardise et connarderie

La *connardise*, dérivée de connard avec le suffixe *-ise*, désigne le défaut de celui qui est un connard.

La *connarderie*, en revanche, évoque un système d'organisation sociale fondé sur la connardise. Ainsi, la trop grande tolérance d'une société à la connardise individuelle la conduit à un état de connarderie générale.

Typologie

Le mot *connard* supporte de nombreuses nuances en fonction de l'adjectif qu'on y accole. Si le spécimen est particulièrement rude et sans-gêne, il est un « gros » connard ; pervers et sournois, il devient « sale » ; médiocre et sans panache, c'en est un « pauvre », jeune ou sans envergure, un « petit » – sans oublier bien sûr le « vieux », le « super » ou le « méga » connard, la gamme est riche.

Il est intéressant de noter que les nuances apportées par l'ajout d'adjectifs ne modifient pas substantiellement le sens du mot et qu'aucune n'est méliorative : on ne peut pas, comme avec *grand con*, *gentil con* ou *bon con*, rendre le connard plus sympathique en l'assortissant d'un adjectif : *gentil connard* n'a pas de sens.

Arrêtons-nous enfin sur le *total connard*, personnage imbu de lui-même, convaincu de son exceptionnalité et enconnardisé jusqu'au tréfonds de son être. Il constitue le modèle du genre : c'est, en quelque sorte, un connard *gold* (comme la carte) et qui va se comporter comme tel dans *tous* les domaines de son existence. Il se croit *réellement* au-dessus des autres et il le dit : Il n'est pas *n'importe qui* et il exige des *passe-droits* parce qu'il *mérite* des *privilèges*. Il se considère en permanence comme un VIP de l'humanité, doué de qualités hors du commun et généralement imperméable au doute comme à la décence. Il est facile à reconnaître : il est du genre à menacer ceux qui le remettent à sa place en leur disant : « Vous savez qui je suis ? »

Con-clusion

Le connard n'est pas gentil. Il n'est pas amusant. Ce qu'il fait n'est pas forcément grave – il n'est ni un délinquant, ni un criminel – mais il se montre profondément irrespectueux. Contrairement à certains cons, il ne peut susciter aucune forme d'affection, de tendresse ou de pitié. Le connard est toujours subi, détestable, méprisant, exaspérant. Il prend les autres pour des cons. Dans sa version atténuée, il arrive en retard, ne répond ni aux emails ni aux sms (sauf quand ça l'arrange) et ne craint jamais de faire perdre du temps aux autres. Dans sa version virile, il prend les femmes pour des sous-hommes. La société sent bien que le connard est son ennemi, un parasite, un poison lent et qu'il n'apporte jamais rien de positif (sauf selon certaines théories économiques étranges qui voient en lui un « aiguillon économique » et qui font que notre planète se transforme peu à peu en barbecue géant). Par ailleurs, le connard n'agit pas gratuitement : par la façon dont il se comporte, en ne prenant pas sa part des obligations communes, il obtient parfois des avantages économiques substantiels. Il sait aussi qu'il peut compter sur toutes les personnes collaboratives, bonnes poires qui respectent les règles et se comportent correctement. Alors il en profite et mérite donc largement son suffixe péjoratif *-ard* qui indique qu'il est, en quelque sorte, pire qu'un con. Car, contrairement à lui, il ne se contente pas d'être déraisonnable : en plus, il est nuisible.

Les caractéristiques du connard

L'autocomplaisance au service d'une surévaluation statutaire

Mal agir

Droits

Prenons d'abord la première partie de la définition du connard établie au chapitre précédent : « Quelqu'un qui se comporte de façon déplaisante ou déplacée. » Ce que la définition ne nous dit pas, c'est *dans quel but* le connard agit ainsi. On peut supposer que c'est pour obtenir un avantage, c'est-à-dire un bien, un plaisir ou un profit, car il est rare qu'un humain agisse pour d'autres raisons. Ce qui caractérise le connard, ce n'est donc pas le motif de son action (il est évident) mais le fait que, pour obtenir cet avantage, il va violer une règle tacite du jeu social : s'attribuer des droits qui ne sont pas les siens.

Dans une société, tout le monde n'a pas exactement les mêmes droits au même moment. Au supermarché, l'hôtesse de caisse a des droits que vous n'avez pas, dont celui d'ouvrir le tiroir pour y ranger votre argent. Vous n'avez pas non plus celui de monter sur le marchepied du camion poubelle qui passe même si vous en rêvez depuis que vous avez trois ans (c'est le cas de l'auteur), etc. Chacun possède des droits spéciaux dans l'exercice de ses fonctions.

Mets de l'huile

La politesse nous impose également toute une série de limites. Vous ne mettrez sans doute pas les pieds sur le bureau du juge des affaires familiales, même si vous vous y sentez bien. De même, vous épargnerez vraisemblablement à vos futurs beaux-parents l'histoire de la pute et du cochon qui vous fait pourtant tellement rire. L'usage et la limite de ce qui est autorisé ou non sont parfaitement intégrés par la plupart d'entre nous. Nous savons assez bien qui peut faire quoi, quand et où. Nous savons qui peut bénéficier temporairement de tel ou tel passe-droit et nous savons que l'employé d'un magasin qui rejoint son poste n'a pas à faire la queue avec les clients devant le magasin pour y entrer. Nous savons qu'il ne faut en aucun cas passer derrière le bar dans un bistrot. Nous savons évidemment qu'une vraie dame ne doit jamais porter de diamants avant midi. Comme nous savons qu'un vieux mâle blanc a le droit d'interrompre une discussion privée entre deux jeunes femmes de ses commentaires péjoratifs s'il est professeur et que la discussion en question a lieu pendant son cours. La connaissance de ces limites et des comportements qu'il est bon d'adopter en société s'appelle le savoir-vivre et, malheureusement, tout le monde n'en dispose pas.

Connards philosophes

L'essayiste Arthur Krystal[1] raconte qu'à la Renaissance deux gentilshommes italiens se disputèrent au sujet des mérites comparés du Tasse et de l'Arioste, une querelle qui trouva son épilogue

1. Arthur Krystal, « En garde ! The History of a Duelling », *The New Yorker*, 4 mars 2007.

lorsque l'un des duellistes, mortellement blessé, avoua avant d'expirer ne jamais avoir lu l'auteur qu'il défendait[1].

Manquements

Regardons maintenant la deuxième partie de la définition, celle qui concerne le « manque d'intelligence, de savoir-vivre ou de scrupules ». Nous avons ici affaire à trois catégories très différentes de connard.

Manque d'intelligence

La première concerne le connard « limité », bas de plafond : quelqu'un qui se comporte de façon désagréable ou déplacée par bêtise. La question qui nous intéresse alors est de savoir s'il s'agit d'un état permanent ou d'une inattention ponctuelle. Cette nuance est importante parce qu'elle donne une dimension morale au problème. En effet, un individu intellectuellement limité ne peut être véritablement tenu pour responsable de sa connardise. Une personne en pleine possession de ses capacités intellectuelles se comportant comme un connard par négligence ou distraction peut en revanche légitimement être jugé coupable de connardise : il aurait dû se donner la peine de réfléchir. Dans ce cas, il y a une forme de complaisance ou de paresse dans son comportement. Il en va de même pour le connard pris de boisson (l'alcool est un puissant enconnardisateur) : il n'était pas obligé de boire. La loi, d'ailleurs, ne s'y trompe pas et considère l'ébriété comme une circonstance aggravante.

1. *In* Steven Pinker, *La Part d'ange en nous*, Les Arènes, 2017.

Nous voyons donc ici que le connard par manque d'intelligence se divise en deux sous-groupes : celui des imbéciles congénitaux contre lesquels, malheureusement, on ne peut pas grand-chose, et celui des idiots de circonstance, auquel beaucoup de connards appartiennent. Les premiers sont irresponsables, pas les seconds.

Savoir-vivre

Examinons maintenant la question du manque de savoir-vivre. La politesse ne tombe pas du ciel. Elle n'est pas dans nos gènes et nul ne peut être tenu pour responsable d'avoir reçu une éducation de gougnafier. Tout le monde n'a pas la chance de naître avec une cuillère en argent dans la bouche et les codes qui permettent de s'en servir avec élégance. En conséquence, il n'est pas rare de croiser un jeune connard qui se comporte de façon désagréable ou déplacée tout simplement parce qu'il n'a jamais appris à faire autrement ! En conséquence, le connard malappris n'est pas *vraiment* un connard, c'est juste un malappris. Si nul ne lui a jamais enseigné la politesse, ce n'est pas de sa faute ; il pouvait difficilement se l'auto-enseigner.

Il n'en reste pas moins qu'un défaut d'éducation n'est pas irrémédiable et que la méconnaissance des règles du savoir-vivre, si elle peut faire sourire chez l'enfant, est nettement moins attendrissante chez l'adulte vacciné.

La question du manque de savoir-vivre peut également se poser dans le cadre des échanges interculturels. Par exemple, si l'on vous télétransportait dans la tribu des Walibris d'Australie, il se pourrait que vous passiez pour un connard en refusant de serrer le pénis de vos interlocuteurs (c'est ainsi que les hommes se saluent là-bas, d'après la légende). Mais là non plus, l'ignorance n'excuse pas tout : visiter un pays lointain sans s'être renseigné sur les coutumes locales, est-ce de l'ignorance ou de la négligence – et donc de la connardise ?

Négligence

Comme au paragraphe précédent se pose la question morale de la responsabilité : l'ignorance est-elle une bonne excuse ? Pourquoi la personne majeure qui manque de savoir-vivre ne s'est-elle jamais corrigée ? N'a-t-elle jamais constaté que son comportement posait problème ? Pourquoi ne s'est-elle pas instruite ? Nous parlons ici, bien évidemment, des règles de base de la politesse, et non des infinis et ridicules raffinements de l'étiquette grand-bourgeoise. Au-delà d'un certain âge, nous sommes théoriquement pleinement en contrôle de nous-mêmes et aptes à déterminer entièrement notre conduite.

Le défaut d'intelligence et le manque de savoir-vivre appartiennent à une même catégorie : celle de la connardise par négligence. Or chacun est responsable de sa négligence. Elle n'échappe pas, comme l'ignorance ou la bêtise, au champ de la responsabilité ; par conséquent, on peut résumer les choses en disant que ce n'est pas d'être bête ou malappris qui constitue une faute, c'est de le rester. Celui qui se comporte de façon désagréable ou déplacée par manque d'attention ou de rigueur est donc – sauf exception – responsable de ses actes ; c'est précisément ce qui fait de lui un connard.

Manque de scrupules

Le connard par manque de scrupules est plus facile à juger. Au moins, avec lui, les choses sont claires : le manque de scrupules pour autrui est un signal de négligence *volontaire*. Nous avons ici un connard qui pense *réellement* qu'il est une personne spéciale (nous retrouvons ici le *asshole* américain décrit par A. James). Il n'a pas honte. Convaincu de son exceptionnalité, il considère qu'il n'a pas à s'*embarrasser* de scrupules, tout simplement parce que ceux-ci le gêneraient (c'est précisément leur rôle) et risqueraient de l'empêcher d'obtenir l'avantage qu'il recherche. Les scrupules ont pour fonction d'empêcher les actions potentiellement nuisibles à autrui. Ne pas en avoir permet de se simplifier la vie et d'agir sans tenir compte des autres, de les reléguer en dehors du problème : le connard ne s'intéresse qu'à son bénéfice et tant pis pour les autres ; il s'en « bat les couilles » (voir partie II). En agissant ainsi, le connard s'arroge le droit de considérer autrui comme quantité négligeable. C'est pour cela qu'il peut faire perdre son calme au plus flegmatique d'entre nous : face à lui, chacun doit se battre pour être reconnu comme digne de respect. Il est à noter que pour excuser son absence de scrupules le connard s'abrite souvent derrière une prétendue nécessité (« Je bosse, moi ! » ; « Elle m'a provoqué ! » [avec sa mini-jupe] ou : « Si ce n'était pas moi, c'est quelqu'un d'autre qui l'aurait fait ! ») voire une idéologie (« Dieu le veut ! » ou « Il n'y a pas d'alternative »). Il pense souvent que ça fait moins connard et il se trompe : ça fait connard *et* faux cul.

Immunité

Autocomplaisance

Poursuivons ce voyage à l'intérieur du mode de fonctionnement du connard avec sa dernière caractéristique : l'incapacité à accepter les critiques. Cette défaillance est parfaitement cohérente avec le reste de son système de valeurs. Elle est liée à ce que le connard pense de lui-même, à savoir qu'il est une personne exceptionnelle, à part, au-dessus des autres ; le connard se croit tout permis, et ce ne sont certainement pas des êtres inférieurs qui vont lui retirer les permissions qu'il s'est accordées à lui-même. Pire : il peut même se sentir indigné qu'on lui demande de se conformer aux conventions sociales. Pauvre chou !

La personne qui se plaint a beau être physiquement présente, il considère au fond qu'elle n'est pas vraiment là *moralement ;* n'étant pas son égale, elle n'est pas digne d'être véritablement reconnue et écoutée. Elle ne mérite pas de le critiquer. Bien sûr, le connard ne va pas le lui dire en face, il n'est pas idiot (encore que) mais la victime le perçoit – et c'est précisément ce qui provoque sa colère : non seulement le connard est nuisible, mais en plus il manque de respect !

Distance critique

Fréquemment exposé aux critiques, le connard acquiert généralement une certaine maîtrise dans l'art de les repousser. D'abord il n'a pas honte, ce qui fait que la critique ne trouve pas d'écho en lui. Ensuite, il dispose de tout un arsenal rhétorique pour se protéger. Il peut jouer les candides, mimer la surprise, trouver un moyen de botter en touche ou faire preuve de mauvaise foi. Il peut même faire semblant de s'excuser pour avoir la paix. Il peut aussi avouer franchement qu'il « s'en bat les couilles », mais ça, c'est uniquement si le mécontent est moins costaud que lui.

Pour lui, éconduire « ceux qui l'emmerdent » (alors que c'est lui qui emmerde les autres) est une sorte de jeu, ce qui est cohérent puisqu'il ne les prend pas au sérieux. Il peut donc s'amuser à contre-argumenter et à utiliser toutes les ficelles rhétoriques à sa disposition pour les débouter sans s'occuper du fond du problème. Sa capacité à repousser les plaintes, à noyer le poisson voire à ridiculiser le plaignant le conforte dans la haute idée qu'il a de lui-même. S'il leur cloue le bec, c'est parce qu'il a raison. Bref, il est comme ces hommes politiques qu'on juge bons débatteurs parce qu'ils savent *ne pas* répondre aux questions. Ce sont juste des baratineurs qui n'ont jamais honte et préfèrent que leur parole soit habile plutôt que sage.

Çui qui dit qui y est

Pour détourner les critiques, le connard possède une arme fatale : la meilleure défense, c'est l'attaque. Cette citation, attribuée à Clausewitz, le connard l'a parfaitement comprise et il se prive rarement d'utiliser cette tactique lorsque le besoin s'en fait sentir. Quoi de mieux, en effet, que de se plaindre de son plaignant et de lui retourner l'accusation ? En la lui faisant « à l'envers », l'accusateur se retrouve accusé et, sur la défensive, c'est lui qui doit se justifier.

La contre-attaque peut porter sur les termes mêmes du litige : « Qu'est-ce qui vous prouve que je n'ai pas le droit de faire ça ? » ou sur la qualité du plaignant : « Vous êtes de la police ? » Elle peut également mettre en cause les motivations réelles de la victime : « Vous n'aimez pas la musique / les jeunes / les enfants ? » ou « Vous êtes raciste ? » ou tenter de retourner l'accusation telle quelle : « C'est vous qui me dérangez / qui êtes mal élevé.e ! » Elle peut enfin virer à l'agression gratuite et déplacée : « Vous êtes énervé.e contre moi parce que vous êtes gros.se / moche / vieux.ieille / mal baisé.e ? »

Peu importe la forme de la contre-attaque, ce qui intéresse le connard, c'est que la dynamique du conflit change de sens. Il bénéficie ainsi de l'effet de surprise (le plaignant n'imaginait pas être mis en cause), gagne du temps et reprend l'avantage. Avec un peu de chance, la victime, désarçonnée, va abandonner et le connard se persuader, comme d'habitude, qu'il a raison et qu'il est un débatteur hardi et subtil.

Absolue certitude

La conséquence principale de l'imperméabilité à la critique, c'est qu'elle empêche le connard de s'en sortir. Elle l'entraîne même vers l'autorenforcement de sa connardise, jusqu'au jour où, à force de se croire tout permis, il va trop loin. Il est brutalement sanctionné ou rappelé à l'ordre (il se fait casser la gueule, il est licencié, sa femme le quitte, ses amis l'abandonnent, sa voiture sort de la route, etc.). Il tombe alors de haut car il était persuadé de mériter éternellement un régime de faveur. Il n'est pas rare qu'il se réfugie dans un confortable déni et considère qu'il est la victime innocente d'un vaste complot ourdi par la jalousie des médiocres.

Il arrive enfin fréquemment que le connard en roue libre, enhardi par l'absence totale de remise en cause, quitte sa catégorie pour entrer dans celle des délinquants puis des criminels. Sa chute surviendra plus tard, devant un tribunal. Et s'il faut avoir un peu de compassion pour lui (profitons-en, ce ne sera pas souvent !), évoquons la profonde solitude et l'enfermement vers lesquels son attitude l'entraîne généralement.

Manque de confiance en soi ?

Plusieurs études montrent que, contrairement à une idée largement reçue dans l'opinion publique, la violence n'est pas causée chez les individus par un manque d'estime de soi[1]. Au contraire, les individus violents, du petit voyou au psychopathe tueur en série, en passant par le violeur ou le conjoint brutal, affichent généralement de solides excès d'estime de soi. La plupart d'entre eux sont hautement narcissiques et affirment plutôt facilement qu'ils sont des êtres d'exception auxquels beaucoup est dû – malgré l'absence de tout élément probant. C'est précisément lorsque la réalité ose les contredire, ce qui finit fatalement par arriver, que la violence se déclenche : celui ou celle qui se met en travers de leur désir leur inflige un affront qui doit être puni. Ce travers psychologique est le même que celui des dictateurs et meurtriers de masse et l'excès de modestie n'est certainement pas ce qui les caractérise.

Con-bien ?

Le comportement du connard n'a peut-être jamais été aussi bien résumé que par l'un des slogans publicitaires les plus connus du monde : « Parce que je le vaux bien. » S'il se croit tout permis et ne se remet jamais en question, n'est-ce pas finalement parce qu'il applique à la lettre cette réclame entendue mille fois ?

1. *Mythe de l'estime de soi*, Smart et Boden, 1996.

Ce slogan ne dit pas à sa victime que les produits de la marque sont de bonne qualité mais la pousse à l'achat en lui affirmant qu'elle les *mérite*. Là est toute la nuance. Le connard fonctionne exactement de la même façon : s'il nous scie les reins, ce n'est pas seulement par intérêt personnel mais parce qu'il estime, en plus, qu'il a *le droit* de le faire parce qu'il le vaut bien. Cette fameuse publicité, répandue sur la planète à coups de milliards par les plus grandes stars, ne pousse évidemment personne à se comporter explicitement comme un connard ; elle résume néanmoins assez fidèlement, comme nous le verrons dans la partie IV, l'esprit du capitalisme de consommation, idéologie qui favorise largement, via le narcissisme et le désir d'ostentation mimétique, l'enconnardisation générale.

Le fonctionnement du connard

Un sous-délinquant qui met à profit les opportunités de la zone grise

Conditions minimales

Inadvertance

De même qu'un geste isolé de générosité ne fait pas une personne généreuse, un seul acte de connardise ne suffit pas à faire de vous un.e connard.e. Mais alors, à partir de quand peut-on dire de quelqu'un.e qu'il/elle en est un.e ? Nous avons beau être bien élevés, nous gênons ou portons souvent préjudice aux autres sans le vouloir. Sommes-nous pour autant des connards ? En effet, pour gêner autrui, il suffit parfois d'exister, de ne rien faire ou d'être au mauvais endroit, comme ces gens qui bloquent la file de gauche sur les Escalator. Dans les endroits très fréquentés, nous interagissons beaucoup (surtout aux heures de pointe). Or, comme nos capacités d'attention sont limitées, nous ne pouvons pas contrôler toutes les conséquences de nos actions. Il peut donc nous arriver d'agir de façon *déplaisante* ou *déplacée* (comme dans la définition) mais cela ne fait pas de nous des connards pour autant. Les règles de politesse ont tout prévu ; elles savent qu'il faut tenir compte de l'humaine faiblesse de chacun. Il est donc d'usage de faire d'abord remarquer courtoisement à une personne qu'elle nous dérange au cas où celle-ci ne l'aurait pas perçu, avant d'ouvrir les hostilités. La plupart du temps, le fautif s'excuse, rectifie son comportement et la vie poursuit son cours avec le sourire. L'idée générale qui guide les rites d'interaction sociale est qu'il ne faut pas faire perdre la face à l'autre, quoi qu'il arrive. C'est pourquoi, lorsque deux personnes se heurtent à un coin de rue, chacune s'excuse avant de reprendre son chemin alors qu'aucune n'est réellement responsable. Bref, se comporter de façon déplaisante ou déplacée n'est pas suffisant pour révéler le connard : ce qui va le définir, ce sont *les raisons profondes de ce comportement et sa façon d'y réagir*.

Exemple : Berthe aux grands pieds

Prenons un exemple trivial : un homme vous marche sur le pied. Vous dites « Aïe ! », la personne répond « Pardonnez-moi. » Sauf exception, cet événement ne prête pas à conséquences et il est généralement aussi vite excusé qu'oublié. Sauf si…

Cas n° 1 :

L'homme ne s'excuse pas. Pourtant, à moins qu'il ait une jambe de bois, normalement, il a senti qu'il vous piétinait. Et s'il n'a rien senti, alors il faut qu'il souffre en plus d'une déficience auditive parce que vous avez dit « Aïe ! » Moralité : l'homme en question est un connard, non parce qu'il vous a piétiné les orteils, mais parce qu'il ne s'en est pas excusé. Cette absence de politesse à votre égard vous place dans une situation d'infériorité, celle d'une personne qui n'est pas digne de respect et qui ne mérite pas qu'on lui présente des excuses, bref qui n'est plus *pleinement* une personne. C'est humiliant.

Cas n° 2 :

L'homme s'excuse. Platement. Il est même vraiment sincèrement réellement complètement désolé. Le problème, c'est qu'il est votre collègue de bureau et qu'il vous broie les Knacki au moins deux fois par semaine. C'est simple : il est coutumier du fait car il ne regarde *jamais* où il met les pieds ! Son inattention à votre endroit est donc flagrante et répétée. Moralité : c'est aussi un connard car, si le fait d'être parfois inattentif est parfaitement excusable, celui de reproduire sempiternellement son erreur ne l'est pas. L'inattention caractérisée dont ce monsieur vous afflige est le signe patent d'un manque de respect à votre égard : là aussi, vous êtes nié.e dans votre dignité et placé.e en situation d'infériorité. Les excuses n'y changent rien, car vous savez qu'elles ne seront pas suivies d'effet.

Cas n° 3 :

L'homme vous regarde droit dans les yeux en appuyant bien fort avec son pied et s'excuse ensuite avec un petit sourire en coin. Vous en êtes sûr.e : il l'a fait exprès (mais vous allez avoir du mal à le prouver). Moralité : cet homme n'est pas un connard – ou plutôt, est *plus* qu'un connard : c'est un agresseur ou un salaud.

Le connard est un sous-délinquant

Petit joueur

Jusqu'où peut-on être un connard ? Prenons des personnages comme Hitler, Staline, Mao, Tamerlan, Pol Pot ou Gengis Khan, bref, les pires dictateurs, tyrans et meurtriers de masse, et appliquons-leur la définition du connard pour voir si elle fonctionne : « Quelqu'un qui se comporte de façon déplaisante ou déplacée, par manque d'intelligence, de savoir-vivre ou de scrupules, et qui est immunisé contre les plaintes des autres. »

La réponse est clairement oui : la définition fonctionne. Assassiner des millions d'innocents est à la fois complètement déplacé, tout à fait déplaisant, et relève d'un profond manque de savoir-vivre, sans parler des scrupules. Ces personnages entrent donc parfaitement dans notre définition. Pourtant, quand on pense à eux, ce n'est évidemment pas le mot *connards* qui vient en premier. C'est normal, l'énormité de leurs crimes exige l'utilisation de mots beaucoup plus forts ; *connard* est trop léger ; il ne convient pas aux tyrans, encore moins aux meurtriers de masse. Nous pouvons donc dire que les dictateurs ne sont pas des connards : ils sont infiniment pires. Ce qui apparaît ici, c'est donc que le qualificatif concerne seulement les fâcheux, les casse-pieds et les emmerdeurs de petite envergure – pas les criminels. Dès que le connard dépasse le stade des incivilités, il change de catégorie et devient *autre chose*.

Ascenseur vers l'échafaud

Si l'échelle qui mène aux pires exactions était représentée par un immeuble, on pourrait dire que le connard occupe le rez-de-chaussée. C'est lui le concierge et, confortablement installé dans sa loge, il se garde bien de monter aux étages supérieurs, ceux qui vont de la petite délinquance (au premier) jusqu'au crime de masse (dernier étage), soit qu'il respecte la loi (on peut être connard *et* respectueux de la loi), soit qu'il ait peur du gendarme (ce qui est plus fréquent). Il surveille néanmoins le hall d'entrée et quiconque veut pénétrer dans l'immeuble doit obligatoirement passer devant sa loge, quel que soit son étage de destination.

Délimitation du champ d'étude du livre

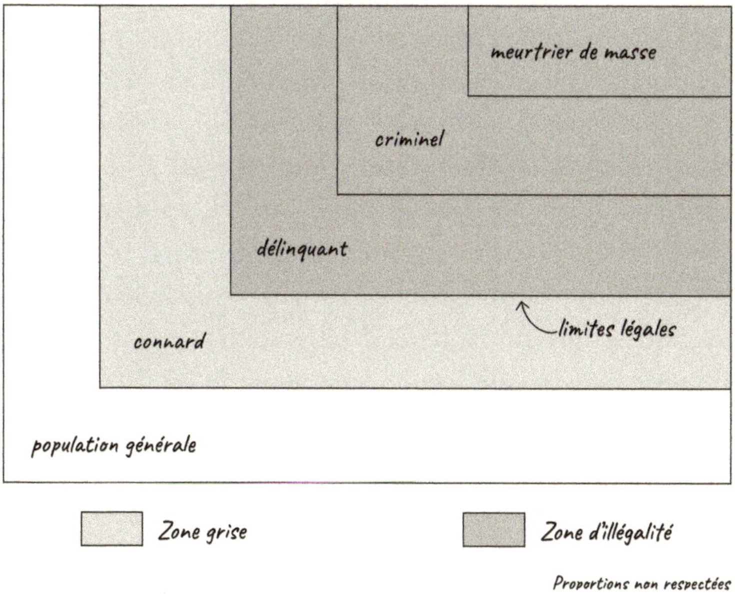

Cette image permet de visualiser la zone grise et illustre le fait que la connardise constitue souvent la première étape vers le franchissement d'autres limites, légales, celles-ci. Elle constitue l'antichambre de la délinquance, c'est-à-dire que pour devenir délinquant ou criminel, il faut *d'abord* être un connard, c'est-à-dire une personne qui, pour diverses raisons, va s'autoriser à déroger aux règles communes. Entre le connard et le hors-la-loi, il n'y a donc qu'une différence de degré. Simplement, le hors-la-loi va plus loin et s'autorise à escroquer, voler, violer ou tuer les gens, là où le connard se contentait de déchiqueter leur bienveillance. Les pires criminels de l'Histoire n'étaient au départ que de simples petits connards auxquels la chance, l'assurance et une totale absence de scrupules ont permis de gravir les marches du pouvoir et de s'affranchir de toutes les règles, parfois avec des centaines de millions de morts à la clé. Les tyrans sont d'ex-connards qui ont « réussi ».

Zone grise

Le simple connard se comporte de façon déplaisante ou déplacée mais, fort heureusement, il ne va pas plus loin. Il respecte la loi. Il n'est ni un criminel ni un délinquant. Il évolue dans la zone grise des incivilités et reste dans le cadre de la légalité, c'est ce qui le rend si difficile à contrer. Ce qui l'excite, le plus souvent, c'est de flirter avec les lignes, pas de les franchir. Il n'est pas téméraire, il tient fermement à rester là où il ne risque rien. Tel un bon arrière de football, il ne commet ses fautes qu'à l'extérieur de la surface de réparation, là où il ne risque aucun penalty. Il y a de la prudence – et peut-être aussi de la lâcheté, mais ne nous en plaignons pas – dans cette façon de ne pas aller trop loin. C'est sans doute la raison pour laquelle le qualificatif de *connard* ne nous vient pas spontanément face à un délinquant – et encore moins devant un criminel. Il encourt la prison tandis que le connard ne risque rien (à part une mouflette, de temps à autre). Et, paradoxalement, ça énerve encore plus : le criminel, au moins, est plus franc du collier.

Mauvaise pente

Cette différence de degré mise à part, la tendance à outrepasser les conventions sociales finit par pousser insensiblement certains connards à se croire au-dessus des lois. Le basculement se fait progressivement. C'est pourquoi, on l'a vu, le connard d'un certain calibre finit presque toujours par avoir des ennuis avec la justice. La réticence à s'acquitter de l'impôt est ainsi une constante chez le connard, presque un marqueur identitaire. Payer est rarement agréable, mais ce qui le rebute profondément c'est l'esprit même du prélèvement obligatoire : sa dimension collective. Se priver pour la collectivité ? Très peu pour lui ! Comme il est « spécial », il estime qu'il mérite d'en être dispensé. Il n'admet pas que le consentement à l'impôt constitue la base de la démocratie et que s'y soustraire en trichant c'est un peu comme cambrioler une école primaire.

Chez lui, la glissade commence toujours par l'idée qu'il doit pouvoir *s'arranger*. Alors il s'arrange d'abord avec les chiffres de sa propre comptabilité, de ses revenus, puis avec les gens, et enfin avec les principes. Dans son esprit, être un peu roublard n'est pas un défaut, c'est une qualité, et ceux qui font l'effort de respecter les règles sont des pigeons. Pour le connard, gruger le fisc ou les cotisations sociales ne constitue pas un motif de honte ; c'est au contraire la juste compensation pour l'horrible injustice qu'il subit quotidiennement : celle d'être traité exactement comme les autres.

La chute

Poussé par sa proverbiale autocomplaisance, il va de plus en plus loin et commence bientôt à déraper. Avec le temps, les arrangements avec la loi s'accumulent, chaque infraction impunie préparant la suivante, jusqu'à ce qu'un matin, enfin, la maréchaussée sonne à la porte pour lui annoncer menottes à la main qu'il a cessé d'être un connard et qu'il est officiellement devenu un délinquant. Il crie alors à qui veut l'entendre qu'il est « une victime du système », que « l'Administration le rackette », qu'elle est « contre ceux qui réussissent », qu'il « n'a pas volé son argent » et que la société n'a jamais « rien fait pour lui ». Nous avons là un individu qui a suivi sa pente naturelle en oubliant la règle n° 1 de tout connard qui souhaite le rester : ne jamais sortir de la zone grise dans laquelle on ne risque rien.

Le mépris pour autrui, commun au connard, au délinquant et au criminel, nous permet d'affirmer que quasiment *tous* les délinquants sont d'ex-connards qui ont mal tourné. Cette règle ne supporte qu'une exception : celle du délinquant par nécessité (exemple : je meurs de faim, je vole à manger).

Ressenti

On peut supposer que si la police existe c'est autant pour arrêter le criminel que pour empêcher le connard moyen d'en devenir un. Si la peur du gendarme n'était pas là, le gougnafier ordinaire ne verrait sans doute pas l'intérêt de se priver. C'est d'ailleurs tout l'intérêt des lois récentes pour la pénalisation du harcèlement moral qui vont désormais le forcer à contrôler ses tendances au dénigrement, à l'humiliation et à la main au cul là où il ne voyait auparavant qu'une sorte de safari amusant.

Les contrariétés qu'il fait subir aux autres – une journée foutue, une file d'attente plus longue, une humiliation dure à digérer, un mur dégradé – si elles sont incomparablement moins graves que des crimes, n'en restent pas moins largement offensantes. Elles laissent un arrière-goût d'impunité qui renforce encore la colère provoquée par le préjudice subi. Comme pour le froid en météorologie, le connard *ressenti* est plus intense que le connard *réel*.

C'est pourquoi les incivilités peuvent prendre une importance démesurée dans le sentiment général d'insécurité. Elles laissent le citoyen exaspéré car il sait que le connard qui les a commises, contrairement au délinquant, ne pourra même pas être sanctionné. Et ça, ça énerve.

Portrait-robot

Un personnage globalement méconnu.

Signalements

Le connard ayant très peu été étudié scientifiquement jusqu'ici, il n'existe pas beaucoup de chiffres le concernant. Par ailleurs, comme la plupart de ses comportements appartiennent au registre des simples incivilités, ils ne produisent pas de statistiques faute d'être déclarés à la justice. Pour ces raisons, le domaine de la connardise n'est quasiment pas mesuré. C'est bien dommage. Il existe une étude menée à l'université de Géorgie et sortie en 2022[1] dans laquelle un échantillon d'environ 400 personnes devaient décrire « le plus gros connard *(asshole)* » qu'elles connaissaient et évaluer ses comportements et sa personnalité. Il en ressortait que les connards en question « ne se soucient pas vraiment de ce que les autres pensent ou de la façon dont ils sont perçus ». Un autre fait saillant est que la majorité des connards identifiés étaient des hommes d'âge moyen. Par ailleurs, les chercheurs notaient que leur profil « était semblable à celui des prototypes de troubles de la personnalité psychopathiques, antisociaux et narcissiques ». Ce qui ne faisait pas d'eux des malades pour autant.

1. "They Are Such an Asshole": Describing the Targets of a Common Insult Among English-Speakers in the United States, Brinkley M. Sharpe, Courtland S. Hyatt, Donald R. Lynam, Joshua D. Miller.

Partant de là, nous pouvons essayer de formuler quelques hypothèses et tenter d'établir les caractéristiques principales du connard. Qui est-il ? D'où vient-il ? etc. Pour répondre à ces questions, nous pouvons tenter d'établir des parallèles avec un domaine connexe : celui des crimes et délits. En effet, le connard, on vient de le voir, partage un certain nombre de traits avec les sociopathes et/ou délinquants. Dès lors, en analysant la structure des chiffres de la délinquance, on peut esquisser quelques pistes pour en établir un portrait-robot.

Le connard est un homme

En France, chaque année, environ 83 % des auteurs d'infractions pénales sont du genre masculin. Ce pourcentage est stable[1], à la fois dans l'espace (les autres nations comparables connaissent des ratios équivalents) et dans le temps (depuis la fin du Moyen Âge). Ainsi, au total, en France, un homme sur cinq aurait aujourd'hui des antécédents judiciaires. On peut donc légitimement supposer qu'entre 80 et 90 % des actes de connardise sont commis par des hommes, tout simplement parce qu'il n'existe pas de raison qu'il en aille autrement : on ne voit pas pourquoi les hommes feraient pire que les femmes dans tous les domaines (vols, violences, insultes, escroqueries, etc.) sauf dans celui de la connardise ! De même, pourquoi les femmes seraient-elles moins délinquantes que les hommes mais plus connardes qu'eux ? Cela ne correspond pas à l'expérience générale : les femmes sont notoirement plus respectueuses, prévenantes et polies, *en moyenne* que les hommes (par

---

1. Voir Robert Muchembled, *Une histoire de la violence*, Le Seuil, 2008 et Lucile Peytavin, *Les Coûts de la virilité. Ce que la France économiserait si les hommes se comportaient comme les femmes*, Anne Carrière, 2021.

exemple, elles ne crachent quasiment jamais par terre). Ensuite la différence est telle (1 facteur 5) entre les ratios des hommes et ceux des femmes qu'on voit mal pourquoi et comment elles pourraient faire jeu égal avec leurs homologues masculins dans le domaine de la connardise ! Dans l'ensemble, le connard est donc largement un homme – ce qui n'empêche nullement certaines femmes d'en constituer de super exemplaires.

Le connard est jeune

De tout temps et dans tous les pays, la majeure partie des infractions ont été commises par des hommes jeunes, entre 15 et 30 ans. Le tableau ci-dessous[1] nous offre un exemple significatif de la répartition des actes de délinquance selon l'âge et le genre de ceux qui les commettent.

Vols simples : pyramide des âges des mis en causes en 2015

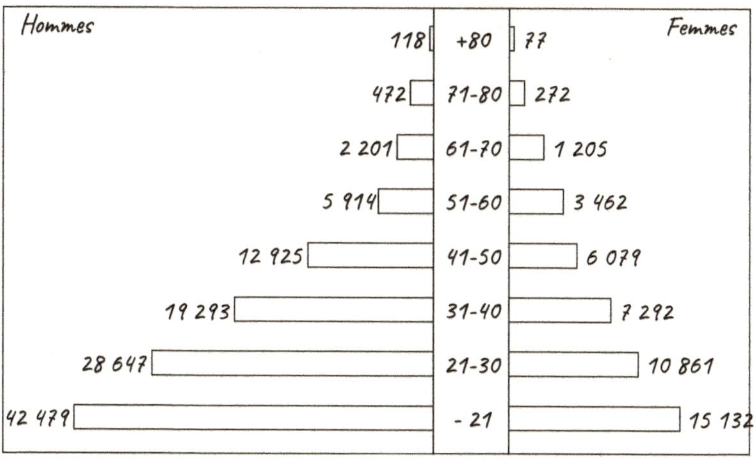

population générale

1. « Une majorité de très jeunes hommes parmi les personnes mises en cause par les forces de sécurité », Interstats Analyse n° 12, janvier 2016.

On peut légitimement formuler comme hypothèse que la répartition des actes de connardise suit peu ou prou le même schéma.

Cela étant, certains spécimens doivent attendre d'avoir atteint une certaine maturité pour pouvoir donner la pleine mesure de leurs talents connardiers. En entreprise, par exemple, la jeune recrue, même la plus potentiellement réceptive, ne peut encore faire de mal à personne. Ce n'est qu'après avoir gravi quelques échelons qu'elle prendra la grosse tête et se permettra des comportements de petit chef arrogant et vicieux. Certains individus ont donc besoin d'attendre quelques années et l'assurance nécessaire avant de devenir de bons gros connards. C'est vraisemblablement la raison pour laquelle beaucoup de connards sont des hommes d'âge moyen dans l'étude citée plus haut.

Le connard est largement minoritaire

Malgré les apparences, la plupart des gens ne sont *pas* des connards. Comme on va l'expliquer, il est même vraisemblable qu'il n'y en ait pas plus de 5 % dans toute la population – ce qui est déjà beaucoup trop mais signifie que 95 % des gens sont des non-connards. Difficile d'en évaluer le nombre exact. Notre perception n'est pas fiable : elle est soumise à un certain nombre de biais cognitifs qui nous font tour à tour surestimer ou sous-estimer la quantité réelle de connards en fonction de la situation. Ainsi, nous commettons fréquemment deux erreurs qui, heureusement, ont tendance à se compenser l'une l'autre.

1- La première, c'est de le sous-estimer : nous n'identifions pas toujours le connard, même lorsque nous en sommes victimes. On l'a vu au début de ce livre, le connard est souvent confondu avec le con, l'andouille ou le rustre. Il n'est donc pas identifié en tant que tel, ce qui lui permet de passer inaperçu et d'agir – si l'on ose dire – incognito. Le phénomène connard est ainsi largement sous-évalué et passe sous les radars. Ainsi, au travail, les consignes ineptes et dénigrantes données par des connards vicieux et incompétents sont-elles souvent requalifiées en « management maladroit ».

2- Le seconde, c'est de le surestimer : ceux qui savent reconnaître le connard mesurent combien une simple rencontre avec lui peut abîmer la santé psychique. La sèche colère qu'il provoque est susceptible de perturber le sommeil des personnes sensibles pendant plusieurs nuits et, dans certains cas, de virer à l'obsession. Ce très fort impact psychologique conduit ses victimes à surévaluer son importance et à voir du connard partout. On parle alors de syndrome de stress post-connardier (SSPC).

Ces deux restrictions étant posées, il n'en reste pas moins que le profond sentiment d'exaspération qu'il suscite produit des souffrances tout à fait réelles.

Le connard est multirécidiviste

Selon certaines estimations[1], plus de la moitié des crimes et délits sont commis par seulement 5 % des délinquants. De même, il est probable qu'un tout petit noyau dur de *super connards* soit responsable de la majeure partie des actes connardiers. Cela voudrait dire que, sur les 5 % de connards que compte la population totale, 5 % encore (soit 0,025 % du total), seraient responsables de la moitié

1. Notamment, pour Philadelphie, Wolfgang, Figlio et Sellin, *Delinquency in a Birth Cohort*, University of Chicago Press, 1972. Toutes les études conduites aux États-Unis, en Suède ou en Grande-Bretagne arrivent au même résultat : 5 à 8 % des délinquants commettent la moitié des délits.

des actes de connardise. C'est envisageable, même si encore une fois l'absence de chiffres nous oblige à la plus grande circonspection. En tout cas, conceptuellement, rien ne s'oppose à ce qu'une infime minorité de connards (environ 170 000 pour la France) soient responsables des plus gros grumeaux dans la béchamel. Cela signifierait qu'en dehors de cette petite « élite » connardière, le gros des troupes est constitué d'emmerdeurs occasionnels – horripilants, certes mais pas irrécupérables. C'est donc une relativement bonne nouvelle. Quant à la petite minorité de raseurs de haute intensité qui ravage la bonne volonté de la société tout entière, ne peut-on pas supposer qu'il suffirait de la neutraliser pour obtenir une réduction instantanée du taux marginal de connardise ?

Antisocial

Il est vraisemblable qu'une grande partie des 5 % de super connards potentiels soient déjà sous les verrous (parce qu'ils sont aussi des délinquants). La neutralisation a donc déjà eu lieu. Le connard qui vous lime les nerfs appartient alors, la plupart du temps, à l'autre catégorie : celle des « amateurs ». Maigre consolation... Or, comme il n'existe encore aucun spray anti-connard, la route vers la sérénité retrouvée risque d'être encore longue (à moins d'utiliser un système de surveillance électronique de masse comme en Chine, ce que nul ne souhaite). Retenons simplement que la majorité des nuisances connardières est vraisemblablement le fait d'une minorité d'individus, toujours les mêmes. Donc, quand vous tombez sur un connard gratiné, rappelez-vous toujours, en guise de consolation, qu'il ne vous en veut pas personnellement : il est comme ça avec tout le monde.

Les métiers préférés du connard

Pour finir, certains métiers doivent attirer notre attention en ceci qu'ils sont des « attrape-connards ». Ce sont généralement des métiers de pouvoir et de prestige, ou perçus comme tels. Chefs en tout genre, responsables politiques, policiers, voyous, artistes, hauts fonctionnaires, managers, professeurs, journalistes, magistrats, longue est la liste des activités qui attirent l'aspirant connard ou qui transforment l'employé un peu fragile en péteux de compétition. Cela nous amène d'ailleurs à effectuer une distinction utile entre deux types de connards :

– celui qui dispose d'un pouvoir réel (et dont il faut se méfier car il peut effectivement en abuser – on parlera dans ce cas de *sale* connard) ;

– celui qui ne dispose d'absolument aucun pouvoir à part dans son imagination (mais que cela n'empêche nullement de ratatiner la longanimité de ses concitoyens – on parlera alors de *pauvre* connard).

En tout cas, face à un spécimen en liberté, demandez-vous toujours au préalable dans quelle catégorie il entre, pour votre propre sécurité.

Signes extérieurs

Le connard affiche fréquemment à l'extérieur ce qu'il ressent à l'intérieur, à savoir qu'il est une personne spéciale. Il (pense qu'il) n'est pas « comme les autres » et, la plupart du temps, il veut que ça se sache. Il va donc tenter de multiplier les signes extérieurs de sa supériorité, voire de son exceptionnalité. L'anonymat l'humilie et il lui est difficile de ne pas signifier ses prétendues originalité, assurance, richesse, virilité, intelligence, etc. Ces signes extérieurs doivent être considérés comme des avertisseurs : ils permettent à qui sait les repérer de prendre ses précautions. S'il n'est jamais recommandé de juger quelqu'un uniquement sur les apparences, il n'est cependant pas idiot d'essayer de formuler quelques utiles hypothèses. Pourquoi certaines personnes, souvent des hommes, parlent-elles si grossièrement ou si fort ? Pourquoi votre beau-frère qui ne vit pas dans la toundra mais dans le centre-ville de Chevilly-Larue conduit-il un véhicule de deux tonnes à quatre roues motrices ? Pourquoi certains jeunes hommes, souvent tatoués et musclés, se mettent-ils aussi facilement torse nu ? Pourquoi certaines jeunes femmes sont-elles en crop-top sans écharpe par 0 °C ? On peut également s'interroger sur les motivations profondes de ceux qui exhibent une montre à 130 000 euros en prétendant qu'ils ont la « passion de la belle mécanique » ? Ou de ceux qui s'évertuent à employer des termes techniques, compliqués ou anglicisés, quand des mots simples suffisent ?

Les attitudes et les looks trop marqués (racaille, poète, grande gueule, aventurier, play-boy, dandy, bimbo, bogosse, businessman, etc.) sont généralement de bons indices de la présence du connard ou de la connarde. Bien sûr, chacun a le droit de vouloir faire passer des messages à travers ses attitudes corporelles, ses vêtements ou ses accessoires. Ce n'est pas un blâme : il est dans notre nature d'utiliser tout ce qui est à notre portée pour faire « signe ». Tout le monde a donc parfaitement le droit de « se la jouer » de temps à autre. Mais le connard, lui, ne joue pas : il s'y croit.

Un proche

Il serait risqué d'aller au-delà de ce portrait-robot : plutôt un homme, jeune, imbu de lui-même et exerçant un métier propice à la connardise. Pour le reste, on supposera qu'il est célibataire (il est notoire que les jeunes hommes s'assagissent lorsqu'ils sont en couple) et peut-être moins éduqué que la moyenne puisqu'il y a un lien entre éducation et connardise : le connard est souvent mal élevé. Mais avant de se faire accuser de racisme social, on rappellera que la *décence ordinaire* chère à George Orwell semble paradoxalement protéger les classes populaires des excès de connardise. La *common decency*, en anglais, est un « sens commun qui nous avertit qu'il y a des choses qui ne se font pas[1] ». Elle désigne chez Orwell le fait que les classes populaires, en raison même de leur mode de vie, expriment dans leur manière de vivre un certain sens de la solidarité, du partage et surtout, de l'égalité. Au contraire, une forte concentration de super narcissiques issus des classes supérieures sévit dans les lieux de pouvoir qui sont au connard ce que les miroirs sont aux alouettes.

Au-delà de l'exercice un peu factice du portrait-robot, on rappellera que, dans la vraie vie, le connard n'a pas de portrait et n'est pas un robot. On le subit pour de vrai et il possède une caractéristique fondamentale : il appartient souvent au cercle de nos connaissances et, de la même façon que la plupart des violences sont commises par des proches, c'est malheureusement dans notre entourage que nous risquons le plus de le rencontrer.

---

1. Selon la définition de Jean-Claude Michéa.

Partie II : L'environnement naturel du connard

Un espace sécurisé de bénéfices réels et symboliques

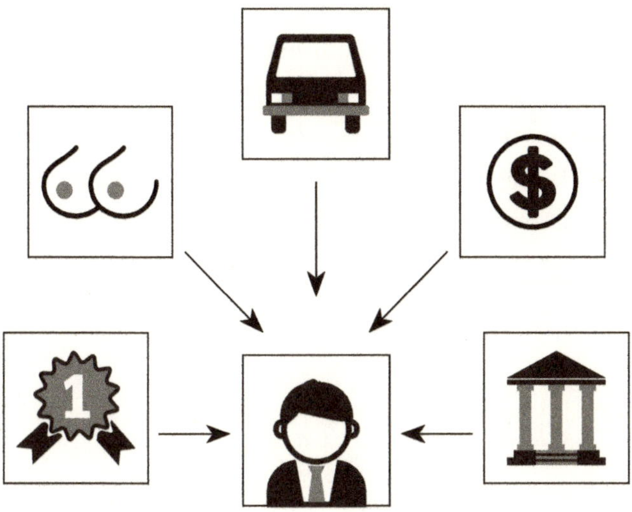

Cas pratique

Sans garantie
Comme le jeune candidat qui a déposé son dossier pour la location de son appartement n'a pas beaucoup de moyens, la propriétaire a exceptionnellement accepté de faire une bonne action et de ne pas lui demander de dépôt de garantie. Quelques mois plus tard, lors du départ du locataire, elle retrouve son bien dans un état lamentable ; elle demande au jeune homme pourquoi il s'est aussi mal conduit alors qu'elle lui avait fait confiance. Celui-ci répond : « Ben justement, comme il n'y avait pas de caution, je n'ai pas eu besoin de faire attention. » Puis il ajoute : « Franchement, faut être un peu conne, aussi, pour ne pas demander de garantie ! »

L'incivilité, un milieu de prédilection

Une discontinuité dans le processus de civilisation des mœurs

Ordures

Tel un goéland au-dessus d'une décharge, c'est sur le terrain des incivilités que le connard s'épanouit. Bien au chaud dans la zone grise, hors de portée des autorités, il sait qu'il ne risque guère que les regards outrés de concitoyens dont il se fiche éperdument.

En dressant une rapide liste des principales incivilités, on s'aperçoit qu'elles constituent effectivement le « territoire de chasse » du connard. On peut les classer en quatre catégories principales :

– Manifestations de fonctions physiques (cracher, éructer, mâcher bruyamment, se couper les ongles, se curer les dents, le nez, se gratter l'entrejambe, etc.).

– Entraves à la circulation (occuper une cage d'escalier, rester assis sur un strapontin en cas d'affluence dans les transports en commun, bloquer une sortie, faire une queue-de-poisson, se garer en double file, occuper une place handicapé).

– Comportements brouillant la frontière entre espaces public et privé :

• irruption de comportements privés dans l'espace public (discussions au téléphone, écoute de musique sans les écouteurs) ;

• privatisation et/ou dévalorisation de l'espace public (jet de détritus, semelles sur les banquettes, tags, chahut, déjections canines).

– Manquements aux rituels de politesse qui permettent la coexistence dans l'espace public (ne pas attendre son tour, parler trop fort ou grossièrement, prendre à partie, harceler, insulter).

Civiliser

Les incivilités ne sont pas graves en tant que telles, surtout si on les compare aux crimes de sang. Elles sont pourtant redoutables car, en se multipliant, elles sapent la solidité du pacte tacite que nous avons passé les uns avec les autres. Les signes de politesse sont des conventions souvent hypocrites mais qui indiquent à l'autre que nous le considérons. Dans ce cas, l'hypocrisie est une marque de respect. Les incivilités, lorsqu'elles se multiplient, introduisent également un doute quant à la capacité des autorités à entretenir l'espace public, à traiter la violence et à maintenir l'ordre. Elles remettent en cause notre *processus de civilisation*, au sens du livre éponyme de Norbert Elias[1] (1897-1990). Célèbre sociologue allemand, Norbert Elias décrit la *civilisation* (au sens de « devenir civilisé ») en Occident depuis l'an 900 comme une longue évolution de la personnalité des individus liée à l'évolution des structures sociales, ce qu'on appelle aujourd'hui l'éducation au civisme et aux bonnes manières. Les deux évolutions principales sont une tendance des individus à l'intériorisation des contraintes sociales et à un contrôle accru de leurs émotions. En d'autres termes, Elias identifie les processus qui nous ont permis, à travers les siècles, d'arrêter d'être des bourrins. Et il nous en a fallu, des efforts, pour devenir peu à peu moins violents, irascibles, malpropres et grossiers ! Il nous a fallu inventer puis appliquer des consignes de savoir-vivre, celles-là mêmes

1. Norbert Elias, *Sur le processus de civilisation*, 1939.

que le connard piétine avec aplomb. Ainsi le travail de Norbert Elias peut-il nous aider à suivre les aventures du connard depuis la fin du Moyen Âge.

Bonnes manières

En 1530, le grand érudit Érasme, un des fondateurs de la modernité, fit paraître un ouvrage intitulé *De civilitate morum puerilium*. C'était un manuel d'instruction morale et de bonnes manières destiné officiellement aux enfants. Il eut un grand succès dans de nombreux pays d'Europe pendant plusieurs siècles. Les interdictions qui y figurent donnent un aperçu des comportements de l'époque et de ce que l'on n'appelait pas encore les bonnes manières. On remarque que les cages d'escalier étaient déjà sources de tracas.

Manières de faire

« Ne souille pas les cages d'escalier, couloirs, penderies ou tentures de ton urine ou d'autres immondices. Ne te soulage pas sous les yeux des femmes, ni devant les portes ou sous les fenêtres d'un bâtiment. Ne remue pas sur ta chaise comme pour te libérer d'un vent. Ne touche pas tes parties intimes en glissant tes mains nues sous tes vêtements. Ne viens pas saluer quelqu'un qui est en train d'uriner ou de déféquer. Ne lâche pas de vents avec bruit. Ne te défais pas de tes vêtements sous les yeux d'autres personnes en te préparant à déféquer, ni ne les remets devant eux après avoir fait tes besoins[1]. »

1. Érasme, *La Civilité puérile*, Fayard, 2001.

Le connard contre la civilité

À la fin du Moyen Âge, la politesse n'était pas comme aujourd'hui un ensemble de conventions parfois surfaites que chacun apprend dès le plus jeune âge, mais un outil pratique qui visait à protéger réellement les gens les uns des autres en pacifiant et en ritualisant leurs interactions sociales. La mise en place progressive de normes de comportement et d'autodiscipline a permis d'éviter outrages involontaires, malentendus et règlements de comptes, sans parler des questions d'hygiène. C'est donc évidemment à l'invention de la civilité qu'on doit celle de l'incivilité et par là même, du connard. Auparavant, faute de règles de savoir-vivre précises, chacun était, en quelque sorte, le connard de tout le monde. En Europe, il y a cinq siècles, les mœurs étaient rudes, y compris chez les nobles, la zone grise périlleuse et les choses susceptibles de dégénérer à tout moment. C'est une longue autodomestication qui a fait de nous les animaux civilisés que nous sommes aujourd'hui : des citoyens respectueux des autres, qui ne se chicornent plus à mort pour un geste déplacé ou d'absurdes questions d'honneur – même si certains urinent toujours n'importe où (soupir). C'est ce processus même de civilisation que le connard remet en question, et c'est bien au Moyen Âge que ses incivilités nous ramènent.

La couille, cœur battant de la connardise

Mésinterprétations symboliques et battages ostentatoires

Un homme, un vrai

L'abeille coule

Il existe un lien très fort, sans doute immémorial, entre le connard et le testicule. Le connard *a des couilles*, il en est fier, il en parle, il les *porte* (c'est-à-dire qu'il les mérite) et il suppose que la présence de ses ballantes gonades l'autorise à se comporter comme un abruti. Et comme il a lu, « quelque part sur Internet », que la testostérone était l'hormone de l'agressivité[1], il estime que ça l'autorise à jouer les durs : la plupart du temps, la couille le dispense surtout de faire l'effort de se comporter intelligemment. Dans son monde, il y a les *vrais mecs* (ceux qui *en ont*) et puis il y a les autres. Le vrai mec est celui qui se comporte comme une caricature : il est agressif, jaloux, dominateur, inutilement protecteur et toujours prêt à en venir aux mains ; faut pas le chercher. Il valorise les comportements à risques, exige à tout propos un respect qu'il mérite rarement et tente de laisser croire qu'il est un dominant. Et surtout, le « vrai » mec craint plus que la mort qu'on remette en cause sa virilité.

---

1. C'est en fait bien plus compliqué que cela !

Ran Tan Plan
Les Daltons sont des rappeurs en costume de bagnards noir et jaune qui ont multiplié les provocations et les rodéos urbains à Lyon à l'automne 2021. Dans leur clip s'affichent motos, voitures, joints et armes à feu diverses tandis qu'une voix clame : « Faut jamais faire la pute, ici dans le 8e, il faut toujours porter ses couilles. Nos couilles, elles frottent le sol, elles font des étincelles. » La suite est du même acabit et l'on voit force jeunes hommes risquer leur vie et celle des automobilistes sur le bitume de la capitale des Gaules.
Cyril Hanouna leur a offert une tribune médiatique en les invitant sur le plateau de son émission « Touche pas à mon poste » le 8 novembre 2021 sur C8. Elle leur a permis de tenter de donner une dimension politique à leurs acrobaties et de réclamer un « feat » (featuring : collaboration) avec la chanteuse Angèle.

Dans le potage

Nous avons ici une illustration des rapports entre l'affirmation d'une virilité exacerbée jusqu'à l'ironie et la connardise délinquante. Cet exemple pose l'éternelle question de la poule et de l'œuf : avons-nous ici plutôt affaire à une connardise virilisée ou à une virilité connardisée ? Ce qui est sûr, c'est que le fait de se comporter comme un connard en jouant avec sa vie, celle des autres et en risquant la prison est considéré comme un marqueur de virilité positive par beaucoup de jeunes hommes, notamment issus des classes défavorisées. Mais l'information la plus importante est sans doute celle qui concerne la médiatisation de la connardise de ces jeunes gens par une émission de télévision. En leur offrant une récompense sous la forme d'une tribune médiatique, une chaîne de télévision fait beaucoup plus pour l'enconnardisation de la population que tous ces délinquants réunis.

Quant au « featuring » avec une chanteuse célèbre, il montre s'il en était besoin l'intrication entre les sphères de la notoriété, de la virilité, de la transgression, de la sexualité, de la provocation, de la chanson et du politique sous la forme d'une connardise multifacette digne des meilleures recettes de bouillabaisse.

Seconde zone

Les femmes sont, évidemment, les premières victimes du système de patridominance universel qui règne au sein de notre espèce. Le masculin y est le principe dominant et le féminin, plus ou moins abaissé selon les endroits, est par nature voué à son service. Marx et Engels ne s'y étaient pas trompés, qui considéraient les femmes comme « la première classe opprimée ». Dans ce système, les hommes et les femmes sont façonnés par une idéologie commune qui autorise les premiers à dominer les secondes. Encore aujourd'hui, chaque garçon comprend vite que, même dans les sociétés les plus avancées, les hommes sont « plus égaux que les femmes », pour reprendre une plaisanterie célèbre – même si celles-ci réussissent en moyenne bien mieux leurs études qu'eux. Il découvre également que leur prétendue supériorité n'est pas justifiée et qu'ils ne la doivent qu'au hasard d'être nés « du bon côté » du genre : chez les mâles. Mais surtout, le jeune garçon découvre un principe étrange qui ne va pas forcément de soi : certains êtres sont expressément autorisés à imposer leur volonté à d'autres. Le garçon peut alors saisir ce pouvoir qu'on lui offre et passer sa vie à l'exercer sans se poser plus de questions que cela. Cela ne fait pas de lui un connard pour autant. Il ne fait que se conformer au système de pensée qu'on lui a imposé, d'une certaine façon, il « obéit aux injonctions ». Lorsqu'un système entier autorise expressément la moitié de ses membres à se comporter comme des connards, sont-ils encore des connards ?

Principe actif

Nul ne sait exactement comment la domination masculine est apparue, ce qu'il y avait avant, et on peut se demander si elle n'a pas toujours été là. Les théories qui évoquent un matriarcat originel, sorte d'âge d'or précédant la patridominance actuelle, ne sont pas convaincantes. Ce qui est sûr, c'est que du jour où certains êtres humains – les hommes – se sont vus *par principe* autorisés à en dominer d'autres, ils ont tiré sur le fil et toutes les autres formes de domination sont venues avec ; ils se sont bientôt autorisés à dominer ce qui était dominable : autres hommes, autres peuples, autres espèces puis le vivant dans son ensemble. Le ver était dans le fruit et l'humain de sexe mâle allait pouvoir s'autoriser à se comporter comme un connard avec l'ensemble du reste du monde. Compte tenu des solides vestiges d'éducation patriarcale qui subsistent, il n'est donc pas étonnant que les connards soient à 85 % des hommes : la connardise se déploie plus facilement chez ceux qui bénéficient déjà d'un statut privilégié, surtout quand on valorise chez eux les qualités mêmes qui peuvent en faire des connards : culte de la compétition, goût de la domination, insensibilité, ambition personnelle, affirmation de soi, etc. Lorsqu'on apprend à des gamins à « s'imposer », à « se battre » ou à « foncer », il ne faut pas s'étonner qu'ils le fassent. Quant aux filles, sachant qu'on valorise chez elles des qualités inverses (respect, écoute, empathie, modestie), il ne faut pas s'étonner non plus si l'on trouve aussi peu de connardes dans leurs rangs.

Fight club

On pense souvent que les femmes sont les seules victimes de la domination masculine qui imprègne encore l'Occident (et plus généralement, toutes les sociétés du monde). C'est une erreur, cette domination est une plaie pour l'ensemble des organisations humaines, en commençant par les hommes eux-mêmes. Nous ne parlons pas ici seulement de la répression des émotions que les hommes s'imposent et qui peut être mise en corrélation avec l'augmentation des problèmes psychologiques (dépression, stress, abus de substances). Il suffit d'aller aux urgences un samedi soir pour le constater : les premières victimes des violences des hommes sont d'autres hommes. Ce fait ne minimise absolument pas le drame des violences faites aux femmes – ça ne se compare pas, ça s'additionne – mais les chiffres sont là. La masculinité toxique nuit *à l'ensemble* de la population. Elle est définie par l'adhésion aux rôles de genre masculins traditionnels, qui pousse certains hommes à lutter pour être dominants (modèle du « mâle alpha », notion célèbre mais pourtant très contestée en zoologie). Ces comportements peuvent produire des effets « toxiques » tels que la valorisation de la jalousie amoureuse, de l'homophobie, le harcèlement moral et sexuel des femmes ou des hommes réputés faibles, la violence (y compris les agressions sexuelles et les violences domestiques), les comportements risqués et/ou socialement irresponsables (excès de vitesse, abus de boisson et/ou de drogue). Bref, le machisme est au connard ce que le tas de fumier est à la mouche à merde : une pouponnière.

Aldo

Pour appartenir à la sous-culture des « vrais » mecs, il suffit de travailler sa démarche, ses attitudes ou sa façon de parler et d'arborer quelques colifichets comme des vêtements de sportif ou des costards de luxe, une grosse montre, une toison pectorale, des tatouages, etc. Un substitut phallique motorisé à deux ou quatre roues complétera avantageusement l'ensemble. Enfin, il est important de traiter les femmes avec un mélange de respect absolu (pour maman) et de salacité virile (pour toutes les autres). Et puis bien sûr, lorsque c'est nécessaire, c'est-à-dire jamais, il faut quand même être prêt à défier l'autorité et à se battre ou à risquer sa vie inutilement en relevant des défis crétins, surtout quand on est bourré. Ainsi, pour avoir l'air viril et ne pas se faire rejeter par leurs pairs (de couilles), beaucoup de jeunes hommes se sentent obligés de s'enconnardiser volontairement. Quelques efforts de pédagogie ne seraient sans doute pas de trop pour enseigner à toutes et tous que la virilité – qui n'est pas la masculinité – n'est qu'une construction sociale.

Battages

Balek

L'expression « J'm'en bats les couilles », connaît depuis quelques années une pénible et inquiétante augmentation, notamment dans la bouche des adolescents, filles comprises. Cette image est intéressante à plusieurs titres. D'abord, parce qu'elle trahit souvent la présence du connard. Ensuite parce qu'elle est forte et permet à celui qui la profère de rappeler spontanément à son auditoire qu'il est symboliquement équipé des organes susnommés (alors qu'on ne lui avait rien demandé). Le registre vulgaire dans lequel il s'exprime indique par sa liberté de ton la faible considération que le batteur en question éprouve pour son interlocuteur. Elle nous renseigne également sur la haute opinion que ce couillomane a de lui-même et sur la large autonomie décisionnelle qu'il souhaite afficher. Et comme se battre les couilles de quelque chose n'engage généralement à rien, c'est une façon parfaitement gratuite de faire référence à une virilité supposée sans la mettre en jeu. Une seule question – technique, celle-là – demeure : comment fait-on concrètement pour procéder à l'opération de battage ? Et nous n'avons pas la réponse.

« Tu m'critiques, tu m'jalouses,
Tu sais quoi ? J'm'en bats les couilles
T'façon l'enfer, c'est les autres
En gros les autres cassent les couilles
[...]
Si tu m'juges, bah, j'm'en bats les couilles
Si elle m'suce, bah, ça m'vide les couilles... »

Paroles de la chanson *J'm'en bats les couilles* de Kamini

Spermogramme

Ces quelques lignes de chanson illustrent magnifiquement le rapport entre le connard et la couille. Elles permettent à l'auditeur de se mettre à la place d'un personnage en train de connardiser. Le battage de couilles sert ici à échapper à l'opprobre (« Tu m'critiques »), voire à une convoitise supposée (« Tu m'jalouses ») car cela rassure toujours le connard de s'imaginer qu'on l'envie. L'auteur ajoute ensuite une subtile référence à l'œuvre théâtrale *Huis clos* (1943) de Jean-Paul Sartre, puis conclut plus prosaïquement que « en gros, les autres cassent les couilles », ce qui montre qu'il a parfaitement saisi, « en gros », la nature des contraintes de la vie en société. Il enfonce ensuite le clou avec le cœur même de la pensée connarde qui est le mépris du jugement d'autrui : « Si tu m'juges, bah, j'm'en bats les couilles », puis finit en rappelant finement que ces parties ne servent pas qu'à être « battues » mais jouent également un rôle prépondérant dans la spermatogenèse, ce qu'il fait en décrivant de façon imagée la nature des relations sexuelles qu'il entretient avec une personne du genre féminin. Bravo l'artiste !

Partage des coûts

Pourcentage d'hommes mis en cause par catégorie d'infractions[1]

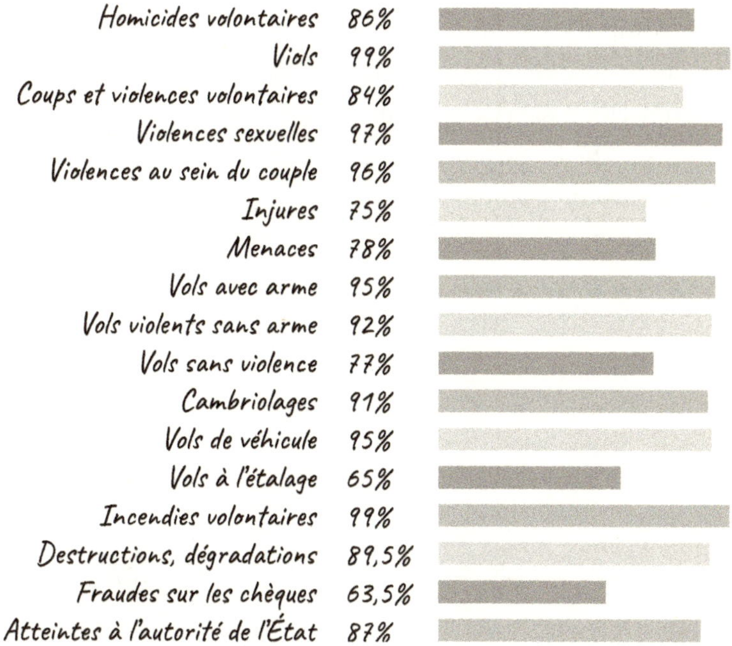

Si les hommes se comportaient comme des femmes, pour reprendre une idée forte du livre de Lucile Peytavin[2], ce sont des centaines de milliards d'euros que nos sociétés économiseraient – 95,2 milliards d'euros en 2019 pour la France. On peut également supposer que la délinquance chuterait de façon drastique, qu'il serait possible de fermer huit commissariats et prisons sur dix, sans compter les frais de justice, de santé (ébriété, coups et blessures, accidents de la route) ou de réparation

1. Lucile Peytavin, *Les Coûts de la virilité. Ce que la France économiserait si les hommes se comportaient comme les femmes*, Anne Carrière, 2021. p 108 (d'après notes p. 192)
2. Ibid.

économisés ! Et on ne parle même pas – rêvons un peu – des budgets de défense nationale. Tout ça parce que nos cultures patriarcales « de mes couilles », pour reprendre une expression triviale, encouragent encore les garçons à se comporter comme des connards un peu partout à travers le monde, y compris lorsqu'ils dirigent des États. En tout cas, c'est drôlement gentil de la part de la moitié féminine de la population d'accepter de payer pour la connardise de l'autre.

Les femmes, des victimes préférentielles

La triple peine sociale, professionnelle et amoureuse

Libre-service

Le connard se croit tout permis, certes... mais pas avec n'importe qui. Vaniteux mais pas téméraire, il s'acharne plus volontiers sur les personnes qu'il juge, à tort ou à raison, en situation de faiblesse ou d'infériorité par rapport à lui. Parmi elles se trouvent les petits, les subordonnés, les timides, les silencieux, les hésitants, les respectueux et, bien sûr, les femmes, qu'il considère essentiellement à l'aune de leur valeur sexuelle, quel que soit le milieu dans lequel il les croise, professionnel ou non. Celles qui sont à son goût devraient s'estimer heureuses de recevoir les témoignages de sa libido, c'est un honneur qu'il leur fait ; celles qui ne le sont pas sont des êtres de seconde zone. Au mieux il leur fout la paix, au pire il les méprise ou les utilise. Quant aux femmes de pouvoir qu'il n'impressionne pas et en face desquelles il est bien obligé d'en rabattre, il se contente de leur prêter en cachette des pratiques sexuelles dégradantes en racontant à ses copains de bistrot ce qu'il s'imagine qu'il leur ferait si, précisément, elles n'étaient pas des femmes de pouvoir. Cette exception faite, les femmes sont en moyenne bien plus victimes que les hommes du connard. Celui-ci considère qu'elles sont d'une façon ou d'une autre à sa disposition parce qu'il est à la fois un homme *et* exceptionnel. Non seulement les femmes doivent supporter l'odieux dans tous les espaces de la vie sociale mais, en plus, celui-ci tente en permanence de se glisser dans leur vie amoureuse.

Toréador

« L'amour est enfant de bohème / Il n'a jamais jamais connu de loi », chantait Carmen dans un célèbre air d'opéra (avant qu'il ne devienne un jingle pub). Dans le domaine des relations sentimentales, chacun est libre de faire à peu près ce qui lui chante tant qu'il respecte la loi : vous pouvez quitter votre partenaire du jour au lendemain sans lui donner ni explications ni nouvelles si tel est votre désir, personne ne viendra vous mettre en prison. Vous pouvez multiplier les aventures ou coucher avec vos voisins (s'ils sont d'accord), trahir, mentir, tromper, séduire et abandonner, vous n'encourez aucune sanction légale. Il n'existe, dans nos pays en tout cas, aucune police des relations amoureuses et c'est heureux. L'amour est une jungle libérale dans laquelle les amours se font et se défont au gré des envies, des scrupules, des lâchetés et des valeurs morales de chacun ; elles ne suivent aucune règle que celles du goût, du caprice et de la liberté. « L'amour est un oiseau rebelle / Que nul ne peut apprivoiser / Et c'est bien en vain qu'on l'appelle / S'il lui convient de refuser. » Cette immense zone grise où presque tout est permis va offrir au connard, rendu à moitié fou par l'absence de limites, un terrain de jeu à sa démesure. « Si tu ne m'aimes pas je t'aime / Si je t'aime prends garde à toi. »

Prends garde à toi, c'est le cas de le dire.

Enclos de chasse

Pour le connard de base (c'est-à-dire masculin et hétérosexuel), le monde de la séduction présente un double avantage. Il est d'abord, comme on l'a vu, une zone de non-droit où tous les coups sentimentaux sont permis ; il est ensuite peuplé de créatures étranges et désirables auxquelles le connard se sent naturellement supérieur, et des sentiments desquelles il n'aura pas trop à s'embarrasser : les (jeunes) femmes. Il envisage le champ de ses relations sentimentales comme une sorte de partie de chasse dans un vaste enclos dont les occupants ne sont là que pour se faire tirer dessus. Cette autorisation (selon ses critères) à se comporter comme un mufle en toute légalité est une aubaine que le connard ne peut décemment pas laisser passer. Ainsi, on pourrait presque croire qu'un lâcher de connards[1] a eu lieu sur le terrain des relations amoureuses. C'est la raison pour laquelle le connard tient autant de place dans le vocabulaire amoureux féminin et qu'il suscite autant de griefs chez les femmes : quasiment toutes ont eu affaire à lui. Internet et la presse magazine féminine sont truffés d'articles conseils pour apprendre à le reconnaître et à l'éviter (essayez de taper « connard + amour » dans un moteur de recherche).

Un personnage familier

Dans la presse féminine, le connard est loin d'être un inconnu : « Pourquoi je tombe toujours sur des connards ? » (*Femme actuelle*, 8/1/16), « Lettre à celles qui ne tombent que sur des connards » (*Madmoizelle*,

1. En référence au connardissime sketch « Le lâcher de salopes » de Jean-Marie Bigard et Laurent Baffie.

7/5/19), « Pourquoi je ne tombe que sur des connards ? » (*Le Journal des femmes*, 30/10/19) etc.

Le personnage est également bien présent dans la littérature : « #connard » (Kirstin Rockaway – Hauteville Éditions, 2020), *Charmant Connard* (Mia Carre – Éditions Addictives, 2019), *Merci connard* (Stéphanie Abellan – Contre-Dires, 2021), *Un jour ton connard viendra* (Cristina Pisa – autoédition, 2021) et, bien sûr, *Cher Connard* (Virginie Despentes – Grasset, 2022).

On notera même la présence d'un curieux « bracelet anticonnards plaqué contre les nuisibles qui empoisonnent la vie » en vente sur Felicieaussi.fr, fabriqué avec humour à Paris.

Disneyland

Pour peu qu'il sache s'y prendre, le connard va pouvoir multiplier les occasions, draguer tous azimuts, faire un maximum de victimes, mentir autant qu'il le souhaite, n'assumer aucune de ses responsabilités, se vautrer dans l'égoïsme et la lâcheté. Et s'il *ghoste*, en plus, ses victimes, il ne s'entendra même pas traiter de connard à la fin : le rêve ! Pour lui, le monde des relations amoureuses est une société parallèle, une sorte de métavers[1] où traiter les gens comme de vieilles chaussettes ne pose aucun problème parce qu'il considère que les règles de respect qui ont cours dans le monde normal ne s'appliquent pas. Le connard dispose d'un espace qui lui ressemble, il évolue dans une sorte de grand jeu vidéo à son image. Comme dans *Grand Theft Auto*[2], il peut agir de

1. Univers virtuel.
2. Le jeu permet d'incarner un criminel évoluant dans une métropole.

façon désagréable ou déplacée, laisser libre cours à son sentiment inné de suffisance sans risquer la moindre critique. Bien sûr, chacun est libre et le connard n'est jamais à l'abri de tomber sur plus connard.e que lui. Mais, quand même, dans les poulaillers, ce sont rarement les renards les plus à plaindre.

L'amour lâche

Le *ghosting* (de l'anglais *ghost*, « fantôme ») est l'acte qui consiste à mettre fin à une relation avec une personne en interrompant sans avertissement ni explication toute communication avec elle puis en ignorant les tentatives de reprise de contact : le ghosteur disparaît alors complètement[1]. En quelques années, c'est devenu l'un des outils favoris du connard. Il lui garantit l'impunité dans la lâcheté, doublée d'un sentiment de toute-puissance. L'anonymat permis par les réseaux et les applications de rencontre sont évidemment en cause. Ces modes de rencontre favorisent les comportements lâches et médiocres, qui n'auront guère de répercussion sociale. Pour le sociologue Jean-Claude Kaufmann : « C'est un comportement qui est très masculin parce que les acteurs de l'utilitarisme et de la violence psychologique, ce sont essentiellement des hommes[2]. »

1. Extrait de Wikipédia.

2. « Amour 2.0 : le "ghosting" ou l'art de disparaître », France Inter, 10 février 2020 ; https://www.franceinter.fr/vie-quotidienne/questions-sur-le-ghosting-ou-l-art-de-disparaitre.

En solde

La triple peine qui frappe les femmes fait que ce sont elles, c'est-à-dire les moins connardes d'entre nous (en moyenne), qui doivent se coltiner le connard à tous les étages : au travail (où elles sont moins bien payées que lui), dans la rue et jusqu'à la chambre à coucher. On aurait pu rêver d'un monde où les pires se retrouvent entre eux et doivent se supporter mutuellement (comme en politique, dans la finance, dans la mafia ou en prison) mais non, ici-bas, ce sont les femmes qui ont à subir les avanies des connards qui les draguent lourdement, au bureau ou ailleurs. Elles doivent, en plus, supporter la connardise de ceux avec lesquels elles commettent l'erreur de sortir ou d'avoir des enfants. Sans parler – bien sûr – de tous les autres connards qui ne les draguent pas mais qui les traitent quand même comme des individus au rabais (environ 20 % de ristourne si on s'en tient aux écarts de salaires entre femmes et hommes). Les jeunes femmes constituent des sortes d'aimants à connard qui font qu'elles auront maille à partir avec lui dans tous les domaines de leur vie et en tout cas bien plus souvent que, disons, un vieux mâle blanc hétérosexuel riche non chauve. Cela explique pourquoi la plupart des femmes ont une sensibilité particulièrement aiguisée à ce sujet.

Fatale attraction

De même que certaines femmes sont irrésistiblement attirées par les serial killers incarcérés et entretiennent avec eux des correspondances enflammées, comment ne pas évoquer l'invraisemblable et incurable fascination de certaines femmes pour les pires représentants de l'espèce connard ? Comment expliquer qu'une part non négligeable de la gent féminine retourne sempiternellement dans les bras du genre d'hommes qu'elle dit détester le plus ? De nombreuses théories circulent à ce sujet. Plusieurs supposent que certaines femmes seraient génétiquement attirées par les hommes dominateurs et agressifs parce qu'ils constitueraient, dans le schéma de l'évolution, de meilleurs partenaires reproductifs : mieux vaudrait avoir des enfants avec eux qu'avec un « dominé », ils auraient théoriquement de meilleures chances de survie. Si cette théorie présente les apparences de la vraisemblance et semble corroborée par certaines études, elle reste à prouver pour les sociétés humaines actuelles. D'autres explications avancent au contraire que cette coupable attirance pour le mâle toxique ne serait qu'une construction sociale, une de plus : dans une culture partiellement dominée par les valeurs viriles, le connard jouirait toujours d'un certain sex-appeal. La vérité est sans doute quelque part entre ces deux théories.

Séduction à la française

« "À Tokyo, si vous êtes un homme blanc, vous pouvez faire ce que vous voulez", commence le "coach en séduction" Julien Blanc. Selon lui, tout est permis, car les Japonaises n'osent pas se défendre. [...]

« "Au début, je ne savais pas jusqu'où je pouvais aller, mais deux jours plus tard, je me baladais dans la rue, je pouvais les attraper par la tête, et les pousser devant ma bite, à crier 'Pikachu' en portant un t-shirt Pikachu, c'était ridicule ! Même en abordant un groupe, je les attrapais une par une, je n'ai jamais été aussi heureux." [...]

« Dans les extraits qui suivent, Julien Blanc se montre en pleine action dans les rues et les discothèques de Tokyo. On voit ainsi le jeune homme saisir de jeunes femmes et leur faire mimer une fellation, puis en train de parler à l'oreille d'une caissière et de l'embrasser dans le cou alors que cette dernière tente de le repousser. Des scènes de harcèlement sexuel et d'agression difficilement soutenables[1]. »

Zéro six

Ce chapitre ne serait pas complet sans l'évocation d'un connard tout à fait particulier : le harceleur sexuel. Contrairement à ce qu'on pourrait penser spontanément, le harcèlement n'est pas un phénomène de drague – même lourde. Prenez le harceleur de rue : aucun séducteur ne procède ainsi, ça ne marche pas ; il n'y a aucune chance qu'une femme se retourne dans la rue en disant : « Vous avez bien fait de me demander mon 06 en me hélant comme un taxi, j'adore ça. Appelez-moi vite. » Qui a déjà assisté à ces scènes sait bien qu'il ne s'agit pas de tentatives de séduction mais de manifestations de domination. Siffler une jeune femme sous prétexte de lui demander son numéro de téléphone (avant de l'insulter copieusement si elle refuse) n'est en aucun cas une façon de la « séduire » mais un prétexte pour la mettre en situation d'humiliation. Il s'agit pour le harceleur de montrer son pouvoir supposé de connard dans un espace qu'il considère comme sien : la rue. Le fait qu'il se permette également de harceler, en outre, toutes celles et ceux qui

---

1. Lauren Provost, « Julien Blanc, le "coach en séduction" que les internautes du monde entier veulent voir tomber », 4 novembre 2014 ; https://www.huffingtonpost.fr/2014/11/04/julien-blanc-take-down-coach-seduction-harcelement-sexuel-japon-agression_n_6099006.html.

n'ont pas l'heur de convenir à son hétéronormativité[1] sourcilleuse (homosexuel.les, transgenres, etc.) tend à prouver qu'il ne s'agit pas d'un phénomène de drague mais d'une démonstration de pouvoir. Quant au harceleur de bureau, il n'est pas différent. Rappelez-vous : ce qui intéresse le connard dans le harcèlement sexuel, ce n'est pas le sexe, c'est le harcèlement. Dans ce cadre, le phénomène #metoo constitue sans doute les prémices d'une rébellion plus large contre le connard, le harceleur moyen n'étant finalement qu'une sous-catégorie de ceux qui se croient tout permis.

---

1. L'hétéronormativité est le système de comportements qui suppose que l'hétérosexualité est la seule orientation sexuelle ou seule norme acceptable.

Partie III : Un phénomène aux conséquences largement sous-estimées

Des dysfonctionnements affectant l'ensemble de la chaîne de valeur

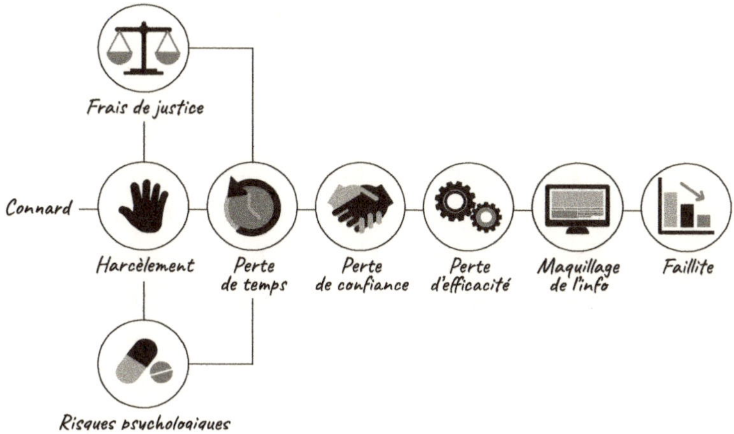

Cas pratique

La cucaracha

Dans un bus, une jeune mère laisse son fils de cinq ans jouer avec un smartphone tandis qu'elle-même regarde des vidéos sur le sien. L'enfant s'amuse à faire retentir une sonnerie « la Cucaracha, la Cucaracha, lalala lalalala » synthétique et horripilante une fois, puis deux, puis vingt. Les voyageurs se regardent, gênés et agacés. Quelques longues minutes plus tard, un monsieur d'une soixantaine d'années fait poliment remarquer à la jeune femme que son fils le dérange. Elle lui objecte que « ce n'est qu'un enfant » et retourne à son écran. Le petit garçon reprend son manège et fait de nouveau retentir *La Cucaracha*, une fois, deux fois… vingt fois. Les gens n'en peuvent plus. Alors, au bout de quelques longues minutes supplémentaires, le monsieur s'approche de l'enfant, saisit l'appareil et, sans un mot, le fracasse par terre avant de retourner s'asseoir. Stupeur. La jeune femme se met à hurler, insulte violemment l'homme puis l'ensemble du bus en maudissant tous ceux qui « n'aiment pas les enfants ». Puis elle décroche son téléphone et, bien fort pour que tout le monde l'entende, elle appelle des « amis » afin qu'ils viennent la chercher à son arrêt de bus pour « niquer leur mère à ces bâtards ». La plupart des voyageurs descendent aux arrêts suivants et la fin de l'histoire n'est pas connue.

Des impacts économiques et sociaux incalculables

Intérêt d'une analyse en structure de coûts

Coût-coût, le voilà !

Si le connard occasionne des surcoûts économiques invraisemblables à l'ensemble de la société, il est pourtant très difficile, voire impossible de les mesurer : ce sont, pour la plupart, des coûts indirects. Qui peut dire combien « coûte » d'exaspérer l'honnête citoyen, de multiplier les incivilités, de harceler sa prochaine, de perturber les transports en commun, d'insulter les soignants aux urgences, de rendre des quartiers inhabitables, de s'octroyer des avantages indus, de donner le mauvais exemple, de discréditer la parole politique, de propager des *fake news*, de salir Internet, d'inventer des complots, de miner la confiance de tous, d'effilocher le tissu social et de se comporter, en plus, comme un psychopathe sur le plan sentimental ? Qui ?

Dans le monde du travail, le connard n'est pas moins coûteux : grisé par le pouvoir et l'argent, il ruine les plus belles aventures, bloque les meilleures organisations, déchire les équipes, sape la confiance, pourrit l'ambiance, fait bondir le turnover et les coûts psychosociaux, réduit l'efficacité, pousse au gaspillage, bride la créativité. À cause de lui, combien de milliards d'heures et d'euros envolés, et finalement, combien de faillites ?

Au comptoir

Tout se compte. Depuis la fin de la Seconde Guerre mondiale, les agents économiques, États compris, ont mis en place des systèmes de comptabilité pour quantifier leur activité économique et prévoir l'évolution de la conjoncture. Pour les pays, l'indicateur le plus connu de la comptabilité nationale est le PIB (produit intérieur brut). Il compte l'ensemble de ce qui est comptable… sauf ce qui est réellement important, mais c'est un autre problème et il n'est pas fait pour cela. Il néglige une grande partie de ce qui donne sa valeur à la vie : la liberté, l'égalité, la justice, l'environnement, le bien-être et, bien sûr, il fait comme si le connard n'existait pas. Il ne quantifie pas l'ensemble des coûts que celui-ci occasionne à la société dans son ensemble (et que nous appellerons, pour plus de facilité, les « coûnards »). La comptabilité effectuée par les entreprises laisse volontairement de côté un grand nombre de paramètres pourtant essentiels au calcul de leurs actifs (comme la motivation, les conditions de travail ou la santé de ses employés, par exemple). Heureusement, d'intrépides comptables (ça existe) tentent d'imposer de nouveaux indices susceptibles de fournir aux décideurs des informations fiables sur l'état réel des pays ou des organisations. Aux entreprises, ils proposent d'intégrer les coûts humains et environnementaux, et aux États de compléter le PIB par d'autres indicateurs comme le BNB (bonheur national brut) ou ceux du World Happiness Report, du Happy Planet Index ou de l'indice de développement humain. Mais à chaque fois, l'ombre du connard plane sur tous ces indicateurs : il est là, caché, quelque part.

Comment compter ?

Les coûnards sont impalpables, et pourtant bien réels. S'il n'est pas possible de mesurer chacun de ces coûts individuellement, il existe sans doute des moyens de les calculer globalement, dans leur ensemble.

De la même façon que sir Walter Raleigh (1552-1618) trouva une astuce pour peser la fumée contenue dans un cigare[1], pouvons-nous évaluer le poids des coûnards en les retirant de la société ? Une première solution serait d'enfermer tous les connards avérés dans une sorte de camp de vacances pendant un an ou deux pour évaluer combien la société économise sans eux (et aussi pour voir s'ils se neutralisent ou se potentialisent les uns les autres). Cette amusante proposition étant difficile à mettre en œuvre pour diverses raisons (dont le risque de décapiter l'État), peut-être pouvons-nous envisager d'autres pistes ?

À étudier

Il existe parfois des liens étonnants entre les choses. Ainsi, de même que la présence de patins en feutre sous les pieds des chaises est un bon indicateur des risques d'accidents de la route[2] ou que la présence de tatouages chez un individu augure de son risque d'attraper un rhume[3], certains algorithmes sont

1. Il pesa le cigare éteint puis le fuma en veillant à conserver les cendres. Il les pesa puis fit la différence et obtint le poids de la fumée.

2. Une compagnie d'assurances s'est rendu compte que ses clients qui mettaient des patins aux chaises avaient moins d'accidents de voiture que les autres.

3. Les possesseurs de tatouages ont, en moyenne, tendance à les exhiber même lorsque la température ne s'y prête pas et attrapent plus facilement froid que les non-tatoués.

capables de modéliser des comportements humains à partir de données disparates. Ne pourrait-on pas, ainsi, partir à la recherche des bons indicateurs pour évaluer le taux d'enconnardisation moyen d'une société, comme, au hasard, le nombre d'automobilistes qui klaxonnent aux feux rouges, le niveau des ventes de perches à selfie ou, plus simplement, les chiffres du harcèlement ou de l'évasion fiscale ? Quoi qu'il en soit, un problème aussi déterminant pour l'avenir de nos sociétés mériterait que la recherche scientifique s'en mêle car, pour l'instant, il n'existe pas d'indicateur fiable de la prévalence du connard dans les activités humaines (le TMC – taux marginal de connardise – n'est qu'une estimation).

Compte à rebours

Nos sociétés savent pourtant comptabiliser bien d'autres choses tout aussi difficiles à mesurer : on arrive à chiffrer les coûts de la délinquance, de la corruption, de l'absentéisme, du tabagisme, des maladies professionnelles, de la pollution, des embouteillages… alors pourquoi pas ceux du connard ? Nous sommes dotés d'un ministère des Finances, du Budget, d'une Cour des comptes, d'un Institut national de la statistique et des études économiques (INSEE) bref, d'outils administratifs très performants qui pourraient sans doute calculer le coûnard.

Quant aux entreprises, elles parviennent à chiffrer les coûts d'un produit défectueux, les bugs d'un système informatique, les redondances ou les dysfonctionnements d'une organisation mal pensée, alors pourquoi pas ceux du connard ? Elles paient fort cher des consultants afin d'être toujours plus rentables et agiles, alors pourquoi leurs dirigeants et actionnaires tolèrent-ils avec tant de légèreté que le connard leur cause des milliards d'euros de pertes ? Qu'il désorganise, parfois à lui seul, des équipes entières ? Pourquoi la plupart des décideurs minimisent-ils les coûts liés à sa présence ? Ressentiraient-ils de troubles affinités avec lui ? Peu importe : un coût est un coût, et le ou la dirigeant.e qui réussiraient à en libérer leur entreprise feraient sans doute rapidement de substantielles économies. Il est donc temps de calculer le coûnard dans l'entreprise, ce que certaines sociétés s'emploient à faire depuis quelques années, notamment grâce au travail de Robert Sutton.

Poules tueuses[1]

William Muir, généticien de l'université américaine de Purdue, a séparé des poules en deux catégories : celles qui avaient une ponte moyenne et celles dont le rendement était supérieur. Après cinq générations, les « super poules » présentaient des comportements hyper agressifs, jusqu'à s'entretuer. En réalité, elles tiraient leurs performances de leur caractère brutal, un trait héritable. Durant le même temps, dans le poulailler débarrassé de ces individus nuisibles à la vie en collectivité, la productivité globale avait augmenté de 16 %.

---

1. Sciences & Avenir https://www.sciencesetavenir.fr/sante/cerveau-et-psy/ce-besoin-visceral-de-vivre-en-societe_160265?refresh=1654030083137

Structure de coûts

Comme l'écrit Robert Sutton dans son livre de management *Objectif Zéro-sale-con* : « prétendre calculer [le coûnard, ndlr] exact d'une entreprise n'est pas réaliste ; il y a trop de facteurs différents et trop d'incertitudes. Il est impossible, par exemple, d'estimer avec précision combien d'heures les cadres consacrent au "management des sales cons" ou de prédire les frais juridiques qui seront engendrés par leur comportement. Pourtant, calculer ce coût est un exercice instructif pour avoir une idée de ce que coûtent les harceleurs et les salauds à leur entreprise ».

Une évaluation générale est en revanche tout à fait possible. La première source de gaspillage est effectivement le temps que le connard fait perdre : temps passé à subir ses humeurs, temps passé à le manager, temps perdu à réparer ses dégâts. Ce temps est facile à convertir en argent, auquel il faut additionner les frais de justice.

Frais de santé

On peut ensuite mesurer l'impact psychosocial du connard grâce à des enquêtes effectuées par des psychologues du travail. Certains de ces impacts (absentéisme, maladies professionnelles, burn-out, turnover) sont également relativement faciles à chiffrer, sous réserve de se doter des bons outils. D'autres, qui concernent les pertes d'efficacité liées à la baisse de la coordination, de la motivation, de la concentration et de la créativité, et donc les diminutions de performances des équipes, sont en revanche plus difficiles à cerner. Ils n'en sont pas moins substantiels. Les actionnaires et les dirigeants d'entreprise n'imaginent pas à quel point le connard leur coûte. Ils ne perçoivent pas que les phénomènes de peur, de stress, de mésentente, voire de concurrence interne ou même de sabotage sont des gouffres dans lesquels des millions d'euros disparaissent. Et tout cela sans compter les effets secondaires pervers qui font que, confrontés à un connard autoritaire, les employés vont devoir gaspiller leur temps pour sauvegarder les apparences, protéger leurs arrières, adopter des stratégies de contournement, éviter les responsabilités, bref, se prémunir du connard au lieu de travailler !

Mauvaise recrue

Dans *Objectif Zéro-sale-con*, Robert Sutton raconte l'histoire suivante : « L'un des meilleurs vendeurs (en ce qui concerne le chiffre d'affaires) de la société fut remercié lorsque, après de multiples entretiens et mises en garde de la direction, il persista à refuser de reconnaître la place tenue par ses collègues et son magasin dans sa propre performance. [...] Il se trouve que le renvoi de cette "superstar" égoïste et difficile eut des bénéfices financiers, car le chiffre d'affaires total du magasin augmenta de près de 30 % après son départ. Aucun des vendeurs ne réalisa les performances de la star déchue, mais les résultats globaux du magasin s'améliorèrent. Apparemment, une concurrence source de dysfonctionnements et l'ambiance pénible créée par cet individu tiraient tout le monde vers le bas[1]. »

1. Robert Sutton, *Objectif Zéro-sale-con*, p. 59.

Nouveau départ

Les témoignages convergent : les départs de connards d'une entreprise, aussi difficiles soient-ils, sont presque toujours suivis d'effets rapides et positifs. Il n'est pas rare qu'un cercle vertueux se remette en place, que les mauvaises manières cessent, que les projets collectifs renaissent et que les salariés qui envisageaient de quitter l'entreprise quelques jours plus tôt reconsidèrent subitement leurs projets. Une fois libérés du connard, nombre de salariés se demandent avec incrédulité comment on avait pu en arriver là et pourquoi cette simple décision de bon sens n'a pas été prise plus tôt. Et bien évidemment, il apparaît bientôt clairement à tous que le statut du connard prétendument irremplaçable était largement immérité et qu'il s'avère finalement plutôt facile de le remplacer par une personne sympathique et compétente.

Vous êtes viré

Encore faut-il que les organisations ne soient pas connardogènes, c'est-à-dire qu'elles ne fabriquent pas elles-mêmes du connard. Or, s'il y en a tant dans les entreprises, c'est souvent parce que leurs dirigeants ne voient pas le problème. Certains pensent même à tort que le connard peut s'avérer bénéfique parce qu'une bonne grosse dose de « saine » émulation connardière fait ressortir le meilleur de chacun. C'est une grave erreur. Cette brutalité n'a, pour autant qu'on sache, aucun intérêt (les employés sont là pour coopérer les uns avec les autres, pas pour se tirer dans les pattes).

Tout dépend des systèmes d'organisation managériale adoptés par les entreprises : certains favorisent le connard, d'autres le découragent. De nombreuses études constatent que plus l'écart entre les salaires est réduit dans une entreprise, plus les performances s'améliorent à tous points de vue. De même, les différences de statut élevées (véhicules de fonction, bureaux ou restaurants séparés) sont un frein à la bonne marche des organisations. L'exacerbation des différences, comme tout ce qui peut pousser les personnalités problématiques à s'enconnardiser au détriment de leurs collègues, doit être évité.

Nul et non avenu

Pour le dire simplement : en entreprise ou ailleurs, le connard n'a *aucun* intérêt. Il n'est ni un « innovateur » par nature[1], ni un « mal nécessaire », ni un « aiguillon », et s'il « performe », ce n'est souvent qu'en apparence et au détriment de l'ensemble. Comme les impacts de la méchanceté sur la psyché humaine sont beaucoup plus forts que ceux de la gentillesse, il ne fait souvent que pousser les autres à se comporter comme lui et à mettre encore plus de désorganisation dans les services. Les émotions négatives comme l'agressivité, le mépris ou la peur sont extrêmement contagieuses. Par ailleurs, le connard a souvent tendance, par contagion, à favoriser les gens qui lui ressemblent et à créer une connardière [un nid de connards, ndlr]. La présence d'un seul connard au mauvais poste peut donc rapidement mener une entreprise à se retrouver victime d'une épidémie générale de connardise. C'est pourquoi il doit être considéré par sa hiérarchie pour ce qu'il est vraiment : un employé parfaitement incompétent[2].

---

1. Certains génies du business sont des connards avérés. Le sont-ils parce qu'ils sont des connards, ou malgré le fait qu'ils le soient – sachant que l'immense majorité des top businessmen n'en sont pas ?
2. Et même s'il montre dans certains domaines des aptitudes extraordinaires.

Robert Sutton ne reconnaît finalement qu'un seul intérêt au connard : celui de donner l'exemple à ne pas suivre. « Sachant que les gens sont plus attentifs aux règles lorsque les comportements répréhensibles sont rares ou occasionnels, [...] Ces "modèles négatifs" rappellent à chacun ce qu'il ne faut pas faire[1]. » Il suggère donc, non sans humour, de conserver éventuellement un connard ou deux par entreprise, sous strict contrôle, bien évidemment.

---

1. Robert Sutton, *Objectif Zéro-sale-con*, p. 81.

Le connard est-il en augmentation ?

Biais de perception, ajustement conjoncturel ou retournement de tendance ?

Don't look up

De même qu'il existe une nette différence entre le sentiment d'insécurité – qui augmente – et l'insécurité réelle mesurée – qui diminue historiquement –, le connard ressenti ne correspond pas forcément au connard réel. La perception que la population a des problèmes est parfois très éloignée de la réalité, notamment lorsqu'ils sont instrumentalisés par les médias et les discours politiciens. La peur et l'indignation font « vendre » et certains sujets sont plus accrocheurs que d'autres. Des angoisses comme la peur de la délinquance et du migrant sont donc sciemment entretenues, quitte à négliger les sujets moins « sexy » – comme la possibilité d'une apocalypse écologique totale. Ainsi, il est devenu bien difficile d'avoir une perception mesurée des problèmes majeurs de la société. Le connard fait partie de ces sujets sensibles sur lesquels chacun a son opinion, mais auxquels il est difficile de donner une juste mesure, compte tenu de l'absence quasi totale de chiffres les concernant. Dès lors, il est extrêmement hasardeux d'alléguer une hausse ou une baisse de la connardise dans la population générale depuis une vingtaine d'années. Certains pensent que, oui, il y a de plus en plus de connards parmi nous. D'autres relativisent et se méfient des biais de perception du phénomène. Essayons néanmoins d'établir quelques faits.

Ça descend…

Les historiens savent évaluer les taux d'homicides du passé et l'on sait également qu'un lien fort unit connardise, délinquance et criminalité (les délinquants et les criminels sont des connards qui sont allés plus loin). Or, en l'an de grâce 1200, vous aviez environ cent fois plus de risques de vous faire trucider qu'aujourd'hui.

Evolution du taux d'homicides depuis 800 ans dans cinq pays d'Europe occidentale[1]

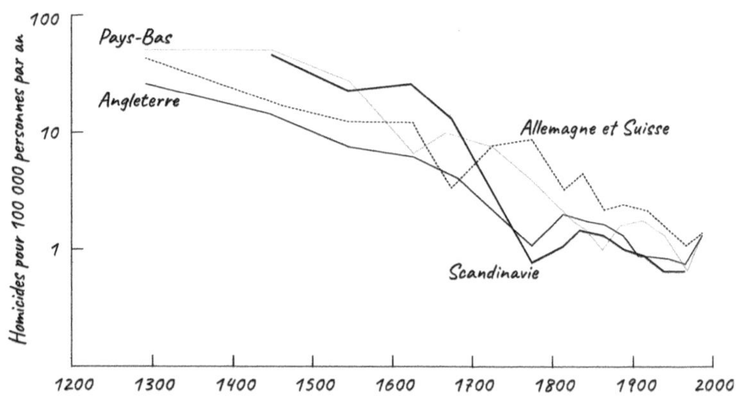

Pour autant, les connards étaient-il cent fois plus nombreux ? C'est une question difficile.

1. Eisner (2003) & IHME « Long-term historical trends in violent crime ».

Du Moyen Âge au XVIIIe siècle

Les manières de l'époque étaient, selon nos critères actuels, plutôt rudes et désinhibées (voir chapitre « L'incivilité, un milieu de prédilection ») et, lorsqu'il s'agissait d'exprimer ses ressentiments, les gens ne faisaient pas de chichis. Ils étaient prompts à la colère comme à la gaieté et, lorsqu'ils étaient contrariés, ils avaient une fâcheuse tendance à jouer du couteau (tous les hommes en portaient un à l'époque). Voici ce qu'en dit Norbert Elias :

> « [...] il y a un instant encore ils étaient en train de plaisanter, maintenant ils se brocardent, un mot en entraîne un autre, et tout à coup les voilà passés des rires à l'affrontement le plus féroce. Beaucoup de ce qui nous apparaît comme contradictoire – leur ardente piété, leur peur indicible de l'Enfer, leur sentiment de culpabilité, leur pénitence, les éclats énormes de joie et de gaieté, le jaillissement soudain de la haine et de l'hostilité la plus férocement incontrôlable –, toutes ces manifestations, au même titre que leurs sautes d'humeur relativement fréquentes, sont en vérité les symptômes d'une seule et même structuration de leur vie émotionnelle. Les pulsions, les émotions s'expriment plus librement, plus immédiatement, plus ouvertement qu'elles ne le feront aux époques ultérieures. Ce n'est qu'à nos yeux – nous chez qui tout est plus atténué, plus modéré, plus calculé, nous qui avons intégré à notre économie des pulsions les tabous sociaux bien plus que la maîtrise de soi –

que l'intensité non dissimulée tant de leur piété que de leur agressivité ou de leur cruauté paraît contradictoire. »
Impétuosité au Moyen Âge, Norbert Elias[1].

Cela tendrait à indiquer que le connard de l'époque faisait encore moins dans la finesse que celui d'aujourd'hui. Néanmoins, la société d'alors était divisée en classes et en corporations et le contrôle social était fort : chacun savait fort bien quelles étaient les limites à ne pas franchir. Il est donc possible que le connard ait été paradoxalement inhibé : au Moyen Âge, les actes connardiers comme gruger dans la file ou manquer de respect à autrui généraient assez facilement du bourre-pif. La foule était susceptible et les moyens de remettre à sa place celui qui se croyait tout permis parfois… définitifs. Cela étant, la majorité des gens vivaient à la campagne, loin des villes, et la plupart des connards étaient donc contraints d'officier au sein de leur famille et de leur petite communauté paysanne. Difficile donc de savoir s'il y en avait réellement plus qu'aujourd'hui (sachant que les pitbulls, les Klaxon et les enceintes portatives n'existaient pas). Ce qui est sûr, c'est que le connard de l'époque était armé (et donc dangereux), mais que ceux auxquels il cherchait des poux aussi. Moralité : si vous vouliez choisir « la voie du connard », vous aviez intérêt à être prêt à la chourinade.

1. Steven Pinker, *La Part d'ange en nous*, Les Arènes, 2017.

Civilisation

Après ce petit détour par les ténèbres du passé et la lente pacification des mœurs qui a suivi, passons directement au début du XXe siècle où l'on atteint un record avec moins de deux meurtres pour 100 000 habitants, du moins dans les plus grands pays d'Europe occidentale, soit environ quarante (!) fois moins que quelques siècles auparavant. On peut légitimement supposer que le taux de connardise a baissé dans des proportions comparables. À cette époque, le respect des prescriptions morales reçoit une publicité exceptionnelle et chacun est écrasé sous des déluges de moralisme, de bonnes manières, de civisme, de politesse, de probité, de droiture, de diligence, de décence, de vertu, de pudeur, d'intégrité, d'honneur et de retenue. Cette parenthèse « enchantée » (si l'on fait abstraction du colonialisme et des deux guerres mondiales où de vertueux citoyens s'entr'égorgèrent par millions) dure jusqu'en 1960. On assiste alors à une nette remontée du taux de connardise, de délinquance et de criminalité, vraisemblablement due à la libération des mœurs (voir chapitre « Influence de la société du spectacle »). Car les sixties n'ont pas libéré que la sexualité : le connard, corseté par cent cinquante ans d'une bienséance qui obligeait chacun à rester à sa place, n'attendait qu'une occasion pour faire la révolution. L'individualisme, la liberté et la société de consommation allaient lui fournir de quoi briser ses chaînes et recommencer à emmerder le monde en se prenant pour quelqu'un d'autre. Bientôt arrivèrent le néolibéralisme, les années fric puis la fin du communisme et les débuts d'Internet. Cette fois, le connard connaissait toutes les excuses qui allaient lui permettre de revenir sur le devant de la scène : les couilles bien en main, il allait, si l'on ose dire, gravement pouvoir « se les *en battre* ».

Le retour du connard ?

À partir des années 1970, l'affaiblissement des structures collectives (familles, voisins, collègues, syndicats, églises, partis, clubs) qui encadraient les comportements et le primat de l'individu sur le groupe ont grandement favorisé le retour du connard. L'affirmation de soi au détriment des autres, autrefois prohibée, allait devenir pour certains une habitude fâcheuse, encore renforcée au tournant des années 2010 par l'impact toxique des réseaux sociaux sur le narcissisme insatiable des personnalités fragiles. Et nous voici rendus à aujourd'hui, avec une grave question : y a-t-il plus de connards qu'il y a vingt ans ? Nous nous garderons bien d'y répondre.

Une exaspération grandissante

Une bombe sociale à retardement ?

Termite

En refusant de respecter certaines règles, le connard endommage la confiance minimale que nous avons les uns envers les autres. Or, sans cette confiance de base, nous ne pouvons plus rien. La quasi-totalité de nos interactions ne sont pas régies par des contrats et des avocats – heureusement ! – mais reposent sur des règles non écrites. Et sur l'assurance que les autres vont les respecter. Lorsqu'une file d'attente se forme, que des gens se tiennent la porte, qu'ils se cèdent le passage ou qu'ils se saluent, chacun compte sur le fait que les autres personnes présentes adopteront un comportement respectueux. En bafouant ces règles, le connard rompt ce pacte tacite, nous pousse à devenir méfiants ou à modifier notre comportement. Les images de consommateurs se ruant à l'intérieur d'un magasin d'électroménager un jour de black friday prouvent que la connardise de quelques-uns suffit à suspendre la règle qui veut que, dans un magasin, on fait la queue, pas la course.

C'est la foire

Cet exemple illustre le fait que :

– Le connard oblige les personnes collaboratives à se comporter comme lui car, une fois que la règle a disparu, il n'y a plus de raison de la respecter (par exemple on ne fait pas la queue tout seul).

– Un seul connard suffit rarement pour faire disparaître le respect d'une règle, il faut qu'il soit en quantité suffisante. Il existe un effet de seuil, c'est-à-dire un certain nombre de connards, au-delà duquel les choses changent subitement de nature.

– En multipliant les incivilités, c'est l'édifice même de notre confiance mutuelle qui est entamé.

Ces trois caractéristiques expliquent pourquoi le connard est, comme le termite, un problème tout à fait sérieux : il peut faire s'écrouler notre maison commune. Cependant, contrairement au discret parasite qui ne pique pas, ses attaques causent parfois de vives douleurs et laissent des traces durables dans l'ego de ses victimes, ce qui rend d'autant plus étonnante la masuétude dont il bénéficie.

Ça trompe énormément

À la fois visible et invisible, le connard est un étrange phénomène social : c'est comme si, à l'instar d'autres problèmes sociétaux gênants comme le harcèlement ou les violences faites aux femmes, il avait été invisibilisé. Les blessures qu'il inflige et les coûts qu'il occasionne n'ont provoqué pour l'instant aucune prise de conscience. Comme s'ils devaient rester cantonnés à la sphère de l'intime et qu'on ne pouvait pas les appréhender comme un phénomène d'ordre général. Les cousins du connard, délinquants, criminels et autres psychopathes, ont pourtant été étudiés sous toutes les coutures, mais lui, non. Il n'apparaît pas dans les statistiques[1]. Nul n'a

1. À part en ombre chinoise dans quelques études sur le thème des incivilités.

documenté son évolution récente. Aucun sociologue ne semble s'y être réellement intéressé. Les études psychologiques sur son cas existent à peine. Quel est ce mystère ? Qui le protège ? Serait-ce un complot mondial ourdi par une sulfureuse société secrète de connards très haut placés ?

Contagion

Pendant que nous l'ignorons, il transforme en sciure de bois la gentillesse de la majorité silencieuse, celle des gens coopératifs et bien élevés qui finissent, comme c'est bien naturel, par se demander pourquoi ils seraient les seuls à se fouler la rate. Le message que fait passer le connard – notamment depuis le sommet des grandes organisations – est qu'il est possible d'obtenir plus que sa part avec moins de scrupules et, surtout, qu'il est loisible de ne pas se soucier des autres. En conséquence, au fur et à mesure que la connardise, réelle ou ressentie, se répand, les personnes de bonne volonté tendent à réduire leurs pratiques coopératives et à se retirer des institutions qui permettent à la société de mieux fonctionner (associations, ONG, systèmes d'entraide). Plus le pourcentage de connards augmente et plus il est coûteux pour un individu de rester intègre : plus il y a de tricheurs, moins le joueur honnête a de chances de gagner. Le phénomène connardier constitue donc un système à rétroaction positive, c'est-à-dire un cercle vicieux, qui se renforce lui-même : plus de connards entraîne plus de connards, et ainsi de suite. Au-delà d'un certain niveau de connardise, la confiance s'effondre et il n'est plus surprenant d'assister à des manifestations de défiance généralisée, de type Gilets jaunes, antivax, abstention, illibéralisme, etc.

Ressentiment

Les incivilités ont en outre une influence disproportionnée sur le niveau d'insécurité et d'humiliation ressenti par la population. C'est l'une des explications au glissement de certains électeurs excédés à la désignation de boucs émissaires. Dans l'incapacité de comprendre que c'est du connard que viennent majoritairement leurs problèmes, ils ont tendance à lui substituer d'autres catégories comme le jeune, le chômeur, l'immigré, le bobo, etc. L'exaspération grandit et, faute de lui apporter des réponses, nous nous dirigeons peu à peu vers une délégitimation des valeurs de tolérance et de liberté. La non-prise en compte des effets du connard sur la société, quelle que soit leur importance, réelle ou ressentie, est dangereuse. Elle renforce chez certains l'idée que leurs souffrances ne sont pas reconnues et qu'ils ne sont pas respectés. Il est donc doublement temps de tirer la sonnette d'alarme et, pour les pouvoirs publics, de reconnaître le problème afin d'en prendre la mesure. Sans quoi, une véritable infestation de connardise est à craindre, du genre de celle qui a mené l'inénarrable Donald Trump à la présidence des États-Unis d'Amérique en 2017.

Partie IV : Un système d'organisation structurellement propice

Analyse superstructurelle de l'écosystème connardier

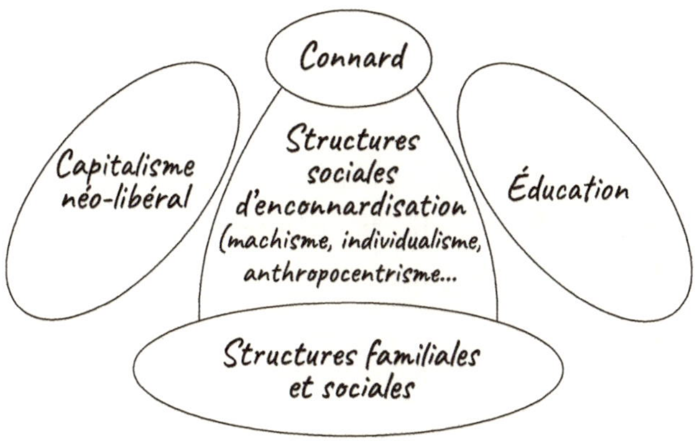

Cas pratique

Et surtout la santé !

Martin Shkreli est un ancien gestionnaire de fonds d'investissement américain, spécialisé dans les entreprises de soins de santé.

En septembre 2014, la société dont il est le P-DG acquiert les droits d'un médicament utilisé pour traiter une maladie rare. Alors qu'il n'a engagé aucun coût de recherche ou de développement supplémentaire, il décide alors de multiplier son prix de vente par vingt. Débarqué de cette société quelques mois plus tard, il en fonde une autre et achète les droits d'un autre médicament destiné aux malades du sida et classé comme essentiel par l'OMS. En août 2015, il en augmente le prix de 5 500 % ! Le comprimé passe alors de 13,50 $ à 775 $.

En réponse au scandale créé par cette augmentation injustifiée, il poste finement un extrait d'une chanson d'Eminem qui dit : « J'ai l'impression que les médias me pointent du doigt. Alors je les pointe à mon tour, mais pas avec l'index ni l'auriculaire. »

Une longue évolution idéologique

La philosophie hobbesienne au service du connard

La bonne blague

Pendant des siècles, de nombreux savants, généralement du côté du manche, c'est-à-dire au service de ceux qui les finançaient, ont supputé que l'humain était naturellement mauvais, égoïste et violent. Les grandes religions monothéistes et la notion de péché originel ne disaient pas le contraire et ça tombait bien : une société persuadée que ses membres sont mauvais doit maintenir un ordre social strict pour les empêcher de retourner « à l'état de nature » et à « la guerre de tous contre tous » selon les termes de Thomas Hobbes (1588-1679) dans *Léviathan* (1651), ouvrage majeur de philosophie politique. Le pessimisme de Hobbes quant à la nature humaine est généralement opposé à l'optimisme de Jean-Jacques Rousseau (1712-1778), dont la philosophie politique est construite autour de l'idée qu'au contraire, l'humain est naturellement bon et que c'est la société qui le corrompt. Cette opposition entre le vilain humain hobbesien et le farouche (mais pas méchant) humain rousseauiste fracture aujourd'hui encore le débat public (essayez de parler de ça au réveillon, vous verrez).

Piège à loups

Ce qui est certain, c'est qu'une société qui a peur de sa propre liberté se révolte moins, ce qui arrange nettement ceux qui la dirigent. Officiellement, la philosophie hobbesienne justifiait donc qu'on encadre sévèrement le corps social pour l'empêcher de se comporter comme la meute de loups qu'on supposait qu'il était. Cette noble intention permettait également de le faire bosser à l'œil pour entretenir un certain nombre de parasites de la haute société. Il n'en reste pas moins que répéter pendant des siècles à des gens qu'ils sont mauvais par nature finit par laisser des traces dans leur psychisme. La vérité, c'est que les humains ne sont ni mauvais ni bons : notre nature profonde nous incite parfois à la violence, la prédation, la domination et la vengeance, mais nous sommes également cognitivement équipés pour la paix, la compassion, la justice, le contrôle de soi et, surtout, la raison. Pourtant, aujourd'hui encore, cette idée que nous sommes malfaisants continue à fournir des justifications à de nombreux connards : parmi les loups, après tout, pourquoi fournir des efforts ?

Droits d'exploitation

Une autre arnaque, sortie tout droit du XIXe siècle, a détourné les idées de Charles Darwin (1809-1882), codécouvreur des mécanismes de l'évolution, pour justifier la domination de quelques-uns sur tous les autres. L'idée était la suivante : selon cette théorie (qui n'en est plus une depuis longtemps), seuls les individus les mieux adaptés survivent. C'est largement faux (et infiniment plus compliqué[1]), notamment parce que pour une espèce collaborative et évoluée comme la nôtre, parler de la survie d'un individu n'a pas de sens si on ne considère pas le groupe social dont il est issu. Pourtant,

1. Chez les animaux sociaux, l'individu n'évolue pas indépendamment de son groupe et, comme les individus ou les espèces, les groupes évoluent aussi. Ils s'adaptent, survivent… ou meurent.

dans les sociétés modernes (notamment capitalistes), de nombreux idéologues persistent à penser que les plus sal… pardon, les plus aptes ont parfaitement le droit de s'imposer dans la grande compétition économique, d'exploiter les miséreux et de leur envoyer l'armée s'ils ont l'idée saugrenue de se mettre en grève pour essayer de se défendre. Rien ne sert de s'y opposer, la loi du plus fort est une loi na-tu-relle on vous dit ! Cette forfaiture, baptisée bien plus tard *darwinisme social*, prétendait de la même façon que certaines « races » étaient inférieures à d'autres et qu'on pouvait les piller, les exploiter ou les massacrer sans scrupule – ce que nombre de pays s'employèrent à faire avec un entrain certain à travers le monde au nom de la civilisation. Elle n'était qu'une autre façon pour le connard en situation de domination de justifier et d'établir son pouvoir. Parce que s'il y a bien une chose que le connard déteste, c'est qu'on l'appelle par son nom ; il préfère qu'on pense qu'il est là par la grâce de Dieu, de Darwin ou de son talent. On retrouve ici la caractéristique principale du connard : que ce soit à cause de sa pigmentation, de sa culture, de sa classe sociale, de sa religion ou tout simplement du hasard, il pense de toute façon qu'il est une personne « spéciale ».

Frankenstein

Cette justification de la connarderie sociale, raciale ou religieuse avait également l'avantage de bien coller avec la théorie du libéralisme économique inspirée par Adam Smith et beaucoup d'autres, pourvu qu'on la déforme aussi. Selon ces hypothèses, la poursuite de l'intérêt individuel mène comme par magie à l'intérêt général car il existe une abstraction, nommée « le marché », qui est « autorégulatrice » grâce à une main invisible (dans ta gueule). Autrement dit, selon la théorie du libéralisme économique, l'égoïsme mène naturellement à l'harmonie générale. Vrai ou faux, c'est un argument que tous les apprentis connards du monde allaient s'empresser d'apprendre par cœur. Le monstre moral issu de la déformation puis de l'amalgame de ces deux abstractions, le Vivant d'un côté et l'Économie de l'autre, allait constituer un redoutable outil d'enconnardisation et de domination du monde pour les classes dirigeantes de la fin du XIXe siècle. Cette idée que les inégalités (à commencer par celles entre les femmes et les hommes), les injustices, l'exploitation économique, la misère ouvrière, le racisme, la colonisation voire l'extermination de certains peuples avaient des fondements « naturels » allait servir de justification à tous les excès et marquer au fer rouge la première moitié du XXe siècle en précipitant une partie du monde dans l'autodestruction lors des deux guerres mondiales, ce qui arrive logiquement quand on fait de la connarderie une idéologie d'État.

Darwin-win

Depuis la Shoah et les joyeusetés de la Seconde Guerre mondiale, plus personne n'ose se réclamer ouvertement du darwinisme social. L'idée que les pauvres n'ont que ce qu'ils méritent est pourtant restée ancrée dans l'esprit de beaucoup, un peu comme si les gens faisaient exprès de naître dans des milieux ou des pays défavorisés. Aujourd'hui encore, nombreux sont ceux qui persistent à croire, malgré toutes les preuves apportées par les sciences sociales modernes, que « tout le monde a sa chance », que « les inégalités sont justifiées » voire que « certains peuples sont paresseux ». Ces justifications niaises sont restées au cœur de nombre de projets politiques actuels.

Elles permettent aux classes favorisées de justifier – et de conserver – leur position dominante, bref, de faire de la connarderie sans passer pour des connards. Ainsi certains nantis peuvent-ils affirmer que les inégalités ne résultent pas du hasard, d'une organisation économique et sociale défaillante ou d'un problème d'affectation des richesses mais d'un ordre de la « Nature » (Nature dont ils se fichent éperdument par ailleurs). Ces absurdités, parce qu'elles sont proférées en haut lieu, offrent au connard plus d'arguments qu'il n'en a jamais eu pour continuer à sévir : on lui explique qu'il est le moteur de l'évolution et que son égoïsme est une vertu économique ! Miracle ! Faire du connard un quasi-modèle, il n'y avait que la modernité pour oser !

Les Grecs sont-ils naturellement paresseux ?

« "Le problème, c'est qu'on ne travaille pas assez en Grèce", a déclaré l'ancien président de la République Nicolas Sarkozy [...]. Une idée reçue partagée par une majorité de Français... [et une majorité d'Allemands]. Elle est fausse. Comme le note le site Alterecoplus, citant les chiffres d'Eurostat, les actifs grecs sont ceux qui travaillent le plus par semaine au sein de l'Union européenne, avec 40,6 heures en moyenne en 2014[1]. »

1. Catherine Fournier, « Vrai / Faux. Cinq idées reçues qui circulent sur les Grecs », France Info, 11 juillet 2015 ; https://www.francetvinfo.fr/monde/grece/vrai-faux-cinq-idees-recues-qui-circulent-sur-les-grecs_991163.html

Con-pétition

Mais sortons des théories fumeuses et revenons à la réalité. Tous ceux qui prétendent que nous aurions besoin de toujours plus d'égoïsme ou de concurrence prennent l'exception pour la règle : chez les humains, de notre naissance à notre mort, de notre organisation sociale à l'organisation biologique de nos cellules, de la composition de notre flore intestinale jusqu'au blanc de nos yeux[1], tout montre que nous sommes taillés pour la coopération. Dans notre famille. Dans l'entreprise. Dans l'espace public. À l'école. Dans les sports collectifs. À l'armée (voir Partie VI, « L'armée contre le connard »). Partout, tout le temps, nous appliquons des codes (dont celui de la route) qui nous permettent de coopérer les uns avec les autres. La compétition ne représente qu'une part misérable de nos interactions. Et c'est bien normal : la concurrence est le mode d'interaction le moins efficace qui puisse exister entre deux agents, quels qu'ils soient. C'est valable pour les humains, les bactéries, les entreprises et les nations : faites l'amour (ou du commerce), pas la guerre !

Mondial assistance

Dans un régime de concurrence, il y a toujours un perdant, parfois deux (et parfois plusieurs millions), tandis que dans une relation de coopération, il y a au moins deux gagnants. Et ce n'est pas nouveau, déjà, en 1902, Pierre Kropotkine, célèbre zoologiste et anthropologue, avait remarqué que « pour le progrès moral de l'homme, le grand facteur fut l'entraide, et non pas la lutte[2] ». Le Vivant, qui favorise souvent les solutions les plus économes en énergie,

---

1. Le blanc de nos yeux « sert » à indiquer aux autres dans quelle direction nous regardons.
2. Pierre Kropotkine, *L'Entraide, un facteur de l'évolution*, Hachette, 1906.

ne privilégie la compétition qu'en dernier recours. C'est pourquoi les mâles, dans la plupart des espèces, lorsqu'ils sont en compétition pour les femelles évitent généralement les véritables combats et se contentent de parades : le risque est trop grand que les deux meurent ! N'en déplaise à certains économistes, la compétition est donc la pire des interactions qui puisse exister entre deux agents, d'autant que beaucoup d'autres formes d'interaction sont possibles, comme dans le schéma ci-après.

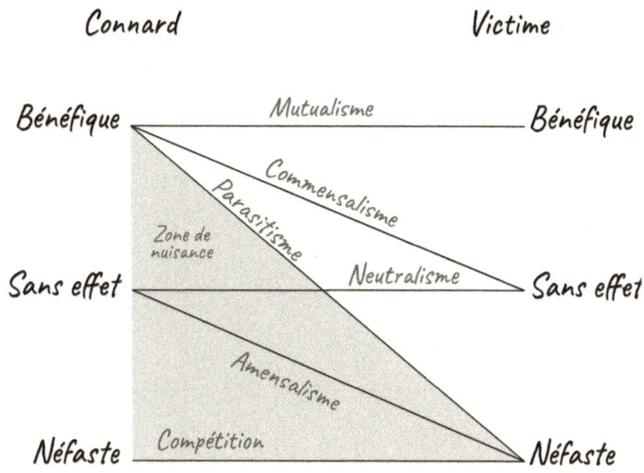

Diagramme simplifié des interactions entre deux agents

Retour du refoulé

Si l'on examine les phénomènes de compétition à la lumière des dernières connaissances scientifiques, on peut affirmer sans se tromper qu'ils ne constituent qu'une part infime dans la réussite de l'espèce humaine. Il est scientifiquement ridicule de faire de l'égoïsme le moteur de notre évolution et/ou le pivot d'une philosophie morale. Comme si nous n'avions pas évolué depuis les reptiles ! Considérer que la concurrence de tous contre tous constitue une vertu collective, c'est faire fi de nos derniers millions d'années d'évolution : celles où nous avons, grâce à une collaboration acharnée, réussi à refouler la connardise de nos comportements. Nul n'aurait imaginé qu'un jour, après tant d'efforts pour chasser le connard en nous, on inventerait de fumeuses théories pour le remettre au centre du jeu. Et si l'on avait dit à nos lointains et fragiles ancêtres, tandis qu'ils « disruptaient » le cours de l'évolution en cultivant altruisme, entraide, coopération, justice ou compassion – en somme, leur humanité –, qu'un jour leurs lointains descendants réhabiliteraient la figure du connard, ils ne l'auraient pas cru.

Influence de l'éducation

Domination masculine, reproduction sociale et enconnardisation de genre

Tu seras un connard mon fils

Le but de l'éducation est essentiellement de nous détourner de notre connardise originelle en nous enseignant les subtilités de la vie en société afin que celle-ci ne dégénère pas en pugilat perpétuel. Bien sûr, les enfants ne sont pas *réellement* des connards (puisqu'ils ne sont pas responsables de leurs actes) mais ils ont tout de même, si on les laisse faire, une fâcheuse tendance à tyranniser leur entourage et à pratiquer le TPMG[1], ce qui ne les empêche pas d'être également doués de capacités de sympathie et de générosité tout à fait remarquables.

La question n'est donc pas tant « comment devient-on un connard ? » que « pourquoi le reste-t-on ? » C'est une grave et douloureuse question que le premier concerné se pose rarement. Ses innombrables et malheureuses victimes tentent en revanche d'y répondre depuis des milliers d'années : pourquoi son éducation a-t-elle échoué ? Que s'est-il passé ? Avait-il des prédispositions génétiques ? A-t-il suivi de mauvais exemples ? Répondre à cette question, c'est commencer à résoudre le problème du connard.

1. « Tout pour ma gueule. »

Ce qui est sûr, c'est qu'il est toujours difficile de combler soi-même les lacunes de la mauvaise éducation qu'on a reçue. Il est même fréquent que les victimes des modèles éducatifs les plus imbéciles en deviennent plus tard les plus fervents défenseurs et que les gamins battus deviennent des parents violents. C'est pourquoi la culture du connard se perpétue depuis des siècles : sa transmission est assurée par ses propres victimes – ou plutôt devrait-on dire par ses propres bénéficiaires, puisque nous vivons aujourd'hui dans une société qui avantage le connard.

Syndrome de Stockholm

Dans un tel système, le genre masculin a toujours joué un rôle prépondérant dans la transmission de la connarderie, comme dans la reproduction des rapports de domination en général. Il est facile de comprendre pourquoi les pères expliquent à leurs fils les nombreux avantages qu'il y a à appartenir à la « noblesse de genre », c'est-à-dire à la moitié de la société qui lit le journal tandis que l'autre nettoie les chiottes. Plus curieux est le rôle des mères qui, dans de nombreuses cultures, persistent à inculquer à leurs enfants les valeurs patriarcales dont elles sont pourtant les premières victimes. Cette tendance des opprimées à reproduire les conditions de leur propre oppression est une constante dans l'histoire humaine qui ne cesse d'étonner. Certains chercheurs avancent qu'il s'agirait d'un mécanisme de défense psychologique qui permet aux victimes d'avoir une illusion de contrôle sur ce qui les opprime. Peut-être. Mais ce qui est sûr, c'est qu'il s'agit surtout d'un mécanisme qui permet aux oppresseurs de continuer à oppresser tranquille. Quoi qu'il en soit, les mamans qui poussent leurs petits gars à devenir de parfaits machos et leurs filles de jolies demeurées ont une responsabilité dans la reproduction des rapports de connarderie générale. Cela est d'autant plus vrai que les femmes, du fait d'un partage culturel des tâches qui leur attribue encore la plus grande part de l'éducation des jeunes enfants, constituent des rouages indispensables de la fabrique du connard.

Mauvais genre

Cette construction sociale n'est, bien entendu, pas de la responsabilité des seules mères. Les petits garçons ne deviennent pas des connards uniquement à cause de leur maman. Passé quatre ans, l'éducation du jeune enfant se fait essentiellement en dehors du cercle familial, à l'école ou ailleurs. Or, dans nos sociétés, les agents et les signes qui exposent le jeune garçon à une connardisation toxique pour la société sont partout. Au-delà des parents, les entourages familial, scolaire, social, politique, culturel et publicitaire façonnent la personnalité des enfants. Même dans les familles les plus sensibles à ces questions, les petits garçons sont encouragés à s'exprimer, à s'affirmer, à se dépenser et à prendre plus de place que leurs sœurs, tandis que celles-ci sont imperceptiblement poussées à se contrôler en étant réservées, calmes, obéissantes et soucieuses de leur apparence.

Superboy

Dans la plupart des pays du monde, on dit encore aux garçons qu'ils sont forts, intelligents, adroits, audacieux, rapides, savants, drôles etc. – ce qui est sans doute une bonne chose pour leur développement. Le problème c'est que, parallèlement, on répète aux petites filles qu'elles sont juste mignonnes et obéissantes, ce qui est un peu court. On encourage les premiers à avoir du caractère, à s'imposer, à ne pas s'en laisser conter, à se bagarrer s'il le faut et à ne pas pleurer en public. On incite les secondes à être de petits pots de fleurs. Heureusement, elles ont le droit de pleurer tant qu'elles veulent. Puis on nourrit l'ensemble de fictions romanesques et de films d'action dont les héros sont des connards violents qui se fichent de la loi comme d'une guigne (notamment les superhéros) et les héroïnes des hôtesses d'accueil. Ainsi, au cinéma, il est fréquent de voir des potiches tomber amoureuses de brutes semi-épaisses (tandis que les « séducteurs », eux, sautent tout ce qui bouge). Quant à la littérature enfantine, elle reste encore majoritairement, malgré les efforts des éditeurs, un monde dans lequel des princesses pauvres et belles tombent raides dingues de princes riches et beaux. Cette présentation est, bien sûr, schématique (et heureusement les choses changent) mais il n'empêche que, si l'on veut bien analyser objectivement le modèle que la société persiste à infliger aux enfants – et notamment aux petites filles –, le connard a encore de beaux jours devant lui[1].

Jeune et pas joli

« À 15 ans, elle se met en couple avec ce garçon qu'elle aime depuis la quatrième. Peu à peu, il impose un contrôle insidieux de tous les pans de sa vie. "Il lui était insupportable que je passe du temps avec d'autres personnes, notamment à l'internat." Le soir, elle doit lui téléphoner pendant plusieurs heures. Il a accès à ses codes de réseaux sociaux et,

1. Et nous ne parlons pas non plus des dizaines de millions de filles empêchées de naître par avortement sélectif à travers le monde.

au lycée, il veut qu'elle mange chaque midi avec lui. « "Il s'est mis à me dire que j'avais grossi, que j'étais mal épilée, mal habillée. Puis, c'est devenu physique." La pousser, la pincer se transforme en un jeu quotidien. En vacances avec les parents de Capucine, qui invitent partout ce petit copain qui se montre charmant, tous deux partent se promener. Mécontent des photos qu'elle prend de lui à sa demande, il s'énerve et lui jette sa chaussure au visage. "J'avais un gros bleu sous l'œil. Il m'a dit que j'avais intérêt à trouver une excuse : j'ai dit que je m'étais pris une branche d'arbre." Souvent, elle assure s'être cognée pour justifier des traces.
« "S'il avait décidé qu'on allait coucher ensemble, il fallait aussi que je m'exécute, dit-elle. Même si je pleurais parce que je n'en avais pas envie, il continuait, ou alors il me punissait. Je devais dormir par terre à côté du lit."[1] »

La fabrique du connard

Le jeune néo-connard passe donc les premières années de sa vie d'adulte entouré, sinon de signes d'encouragement explicites, au moins d'un certain assentiment social. Il grandit dans un monde étrange et contradictoire où beaucoup de choses sont simultanément interdites et autorisées. Un monde dans lequel les humains sont officiellement libres et égaux à condition d'être plutôt des hommes blancs, riches et bien nés. Un monde dans lequel règne la démocratie sauf à l'endroit où l'on passe

1. Citations tirées de Alice Raybaud, « "Je ne savais pas qu'on pouvait subir ça à l'adolescence" : les violences conjugales touchent aussi les jeunes », *Le Monde*, 20 novembre 2021.

huit heures par jour : dans l'entreprise. Un monde où le « progrès » met gravement en péril l'avenir de l'humanité. Et enfin, un monde dans lequel de nombreux modèles masculins (chefs d'État, hommes politiques, grands patrons, artistes, journalistes, sportifs, héros de fiction, polémistes) jouent en permanence avec les lignes jaunes sans que l'appareil médiatique s'en émeuve. Le système se livre en permanence à une glorification implicite du connard – pardon, du type « plus malin que les autres » – qui détourne les règles à son profit.

Qui veut gagner des couillons ?

Le connard est promu partout : les règles de certains jeux télévisés poussent les candidats à se comporter comme des ordures pour gagner un sèche-linge. Au cinéma, même les « gentils » héros de films d'action se contrefichent des règles communes et s'adonnent à la violence comme d'autres se brossent les dents (quand ils ne sont pas carrément des criminels endurcis).

Toutes les cultures ne subissent pas le même niveau de connarderie (certaines s'en sortent bien mieux que d'autres, voir partie VI) mais, dans la nôtre, le connard assumé abonde : des élus trahissent, des patrons exploitent, des riches fraudent, des publicitaires manipulent, des lobbies corrompent, des flics tabassent, des supérieurs harcèlent et des célébrités abusent. Quant au média le plus puissant de tous, la publicité commerciale, il encourage continûment le consommateur à « être lui-même », « suivre ses propres règles », « dépasser ses limites » et « céder à ses caprices » bref, à prendre ses décisions sous l'emprise de l'émotion, toutes choses qui mènent à la connardise aussi sûrement que la sincérité mène à la solitude.

Grosse fatigue

« Le hogging est une pratique méconnue du grand public, qui sévit dans l'ombre des fraternités américaines. Il s'agit d'un jeu où les étudiants se mettent en concurrence pour coucher avec la femme la plus grosse présente à la soirée. [Une femme qui en a été victime] explique que le hogging est "une pratique qui renforce la masculinité" aux yeux de ses adeptes. « "Une des manières pour eux [d'atteindre cette masculinité] est de coucher avec le plus de personnes possibles. Ils voient les femmes obèses comme des cibles faciles", déplore-t-elle. [Elle raconte aussi] que, parfois, après avoir terminé sa relation sexuelle avec une femme grosse, le membre de la fraternité "fait venir tout le groupe d'hommes dans la pièce et ils commencent à la harceler jusqu'à ce qu'elle s'en aille". [...]

Une sociologue et professeure agrégée [...] s'est interrogée sur cette pratique. [...] [Elle explique que], d'une part, les femmes de forte corpulence sont considérées comme "faciles et désespérées". D'autre part, elles sont perçues par ces hommes comme étant "déviantes" et même "dignes de mauvais traitements". Le chemin est encore long pour qu'ils renoncent à leurs paris, puisque la plupart des hommes interrogés ont confié trouver cette pratique "hilarante".[1] »

1. Nina Hossein, « Le "hogging", cette détestable pratique qui sévit dans les fraternités américaines », *Slate*, 7 décembre 2021.

Un homme, un vrai ?

Baigné dans cet étrange environnement, le jeune couillon comprend vite qu'il va pouvoir bénéficier de marges de manœuvre conséquentes pour s'exercer à la connardise. L'ensemble de la société l'autorise – parfois explicitement – à dépasser les bornes. Tout simplement parce qu'elle veut qu'il devienne un homme et que, dans l'imaginaire collectif contemporain, un homme, un vrai, se doit d'être un peu un connard. Cette information est fondamentale. En effet, pour beaucoup, un vrai « mec[1] », libre et farouche, doit pouvoir montrer aux autres qu'il est capable de s'affranchir des règles. Sinon il n'est pas vraiment libre (ni farouche), évidemment ! Un vrai mec – les jeunes machos ne s'y trompent pas – est quelqu'un qui peut et doit défier l'autorité. Dominateur et sûr de lui, notre fier connard ne comprend pas que si nous vivons dans des sociétés encore un peu libres, c'est précisément parce que nous avons établi des règles ; ivre de testostérone, il confond la liberté avec son abus et l'affaiblit en croyant la défendre.

La mémoire de nos pères

Pourtant, et aussi étonnant que cela puisse paraître aujourd'hui, l'expression de la virilité n'a pas toujours été aussi indissolublement liée à la connardise. Dans *L'Histoire de la virilité*, l'historien Ivan Jablonka rappelle qu'au XIXe siècle « le devenir-homme ne consiste […] pas à se montrer grossier, brutal, vantard ou querelleur, mais bon, modeste et travailleur. Les manuels de savoir-vivre destinés à la jeunesse donnent aux préceptes de l'éducation chrétienne ou républicaine une traduction concrète adaptée à la vie quotidienne. Dans son *Discours à un jeune homme* (1834), le poète italien Silvio Pellico prescrit le plus

1. « Mec » est le diminutif argotique de maquereau, c'est-à-dire souteneur.

profond respect vis-à-vis des jeunes filles et des femmes : "Ne vous permettez à l'égard d'aucune la moindre liberté de manière ou de parole qui pourrait apporter quelque profanation à ses pensées ou quelques troubles à son cœur." » C'est mignon et l'on ne saurait trop conseiller aux amateurs de drague lourde le respect d'aussi excellents préceptes. Et l'historien de la virilité de reprendre : « Si la délicatesse et la galanterie sont de rigueur avec les femmes, l'agressivité source de rixes et de duels est proscrite à l'égard des hommes : "La contradiction n'est permise qu'à la condition de finir par céder, comme convaincu par les arguments, la rhétorique ou l'éloquence de l'interlocuteur." Au lieu de se mesurer aux autres garçons comme des coqs, il faut cultiver à l'anglaise le self-control et le fair-play. [...] Plus généralement, l'attitude du corps doit rester décente et modeste : il est inconvenant de parler fort, de gesticuler, de froncer des sourcils avec une assurance insolente, de friser sa moustache ou d'affecter "la roideur qui est ordonnée à un soldat sous les armes". [...] Pour être vraiment viril, point n'est donc besoin de singer les militaires : l'homme authentique accepte de civiliser ses mœurs[1]. » Ce faisant, il échappe à la connardise.

Connard le barbant[2]

Nous ne sommes plus au XIXe siècle, et aujourd'hui virilité et connarderie sont indissolublement enchevêtrées. Si nous voulons nous diriger vers une société moins brutale, nous avons donc un problème délicat à résoudre : la figure centrale de notre vieux système de *patridominance*

---

1. Alain Corbin, Jean-Jacques Courtine, Georges Vigarello, *Histoire de la virilité*, tome 2 : Le triomphe de la virilité. Le XIXe siècle, Le Seuil, 2011, p. 42.
2. Célèbre contrepèterie d'héroïc fantasy.

– l'homme, donc – a beaucoup de points communs avec le connard. Il ne s'agit pas, bien sûr, d'un *total connard,* tout est question de proportions, mais il faut admettre que le mec viril traditionnel et le connard sont en partie consubstantiels. Dans de nombreuses cultures, cette part de connarderie est tolérée, sinon encouragée, au nom de l'honneur, surtout vis-à-vis des femmes (violences conjugales, crimes d'honneur, féminicides). Pour rappel, dans le Code pénal français de 1810[1], le meurtre de l'épouse par son époux au cas où il la surprendrait en flagrant délit d'adultère (mais non l'inverse) était « excusable ». L'article a été heureusement abrogé depuis mais, aujourd'hui encore, c'est comme si la virilité *excusait* certains comportements connardiers (culture de l'honneur, culte de la violence, mépris des femmes) dans certains milieux – pas forcément populaires[2]. En conséquence, nombre d'hommes s'estiment encore autorisés à se comporter de façon déplaisante ou déplacée… pour la seule raison qu'ils sont de genre masculin ! Les comportements en question ne relèvent d'ailleurs pas uniquement du registre du sexisme (harcèlement, attouchements, insultes, etc.) mais englobent plus largement tout ce qui *fait viril* (parler mal et fort, boire trop, pisser n'importe où, cracher par terre, parier, conduire vite, défier l'autorité, passer par la case prison, etc.). Les femmes ne sont donc pas les seules victimes des excès virils même si elles sont, bien sûr, en première ligne : c'est toute la société qui en souffre, d'abord dans son organisation (chahutée en permanence par les incivilités du connard), ensuite dans son économie (il coûte des milliards) et enfin dans son intelligence (pourquoi le tolère-t-on ?).

1. Code pénal de 1810, article 324.
2. Certains milieux privilégiés ne brillent pas par leur féminisme.

Influence du capitalisme

Une matrice idéologique pour le connard

La vertu d'égoïsme

Ayn Rand (1905-1982) est l'une des plus célèbres écrivaines états-uniennes. Elle critique violemment l'altruisme au nom de l' « égoïsme rationnel », son concept central. Considérée comme la théoricienne d'un capitalisme individualiste et prônant les valeurs de la raison et du mérite, Ayn Rand préconise également l'indépendance et le « laisser-faire » face à toute forme de collectivisme ou de religion établis. Elle a écrit de nombreux essais philosophiques dont le principal est *La Vertu d'égoïsme* (*The Virtue of Selfishness*). Quasiment inconnue de ce côté de l'Atlantique, Ayn Rand a profondément influencé la psyché américaine. Ses romans figurent parmi les livres les plus vendus aux États-Unis.

Selon une étude conduite par la Bibliothèque du Congrès américain et par Book of the Month Club (« Club du Livre du mois ») dans les années 1990, son roman *La Grève* (*Atlas Shrugged*) a été le livre le plus influent après la Bible aux États-Unis[1].

1. Extrait de Wikipédia.

Marche et crève

Ceux qui considèrent que le connard peut être utile pour faire avancer la société ne se posent généralement pas la question de savoir vers *où* elle va d'un aussi bon pas (du moment qu'ils s'enrichissent). Pour eux, elle doit simplement courir vers plus d'innovations, de technologie, de produits, bref, vers plus de consommation dont ils espèrent – évidemment – tirer plus de profits. Ce qui est important pour les supporteurs du capitalisme, c'est que la société *avance*, tant pis si c'est vers l'abîme.

Dans ce système idéologique, les choses sont simples : ce qui fait progresser la société, c'est l'individu, comme dans les livres d'Ayn Rand. Dans ceux-ci, l'individu est très intelligent mais ne possède pas plus de sens moral qu'une sorte de gros reptile, uniquement mû par son intérêt personnel. Tout le reste – y compris les milliers d'études scientifiques qui montrent que l'humain est bâti pour l'entraide et la collaboration (voir chapitre « Une longue évolution idéologique ») ou que les inégalités le rendent malheureux – compte pour du beurre.

Enrichissez-vous !

En somme, l'individu tel que le décrivent les économistes libéraux est déjà un connard en puissance. Et s'il n'a pas forcément encore franchi le pas, il en a du moins l'autorisation. Or, quand une idéologie enseigne à des milliards de gens que seul compte l'intérêt personnel et que chacun doit *tout* mettre en place pour le maximiser en se fichant des conséquences, il y a peu de chances qu'elle en fasse des humanistes délicats et respectueux. Une telle idéologie attire donc préférentiellement ceux qui ont de fortes tendances à la connardise. Quant à ceux qui ne sont pas spécialement doués pour cela, elle les incite à se laisser aller à l'égoïsme et à l'avidité, surtout lorsqu'elle est défendue par des personnalités respectées et donne à tous un blanc-seing pour devenir de parfaits exploiteurs en toute légalité.

Pédagogie alternative (première révolution industrielle) :

« La souplesse et la petite taille des enfants leur attribueraient des aptitudes que les adultes n'ont pas. Ils sont employés à des travaux très précis, ils peuvent tirer en rampant les berlines dans les boyaux des mines (Hercheur), nettoyer les parties les moins accessibles des machines ou encore rattacher les fils brisés derrière les métiers à tisser. Le travail est très précoce : les enfants de quatre ans sont assez recherchés afin d'être "formés" sur les machines dès qu'ils en ont l'aptitude physique. [...]

« Le travail est non seulement très dur, mais les enquêtes de l'époque témoignent en outre de sévices infligés par des employeurs : les membres trop courts des enfants sont adaptés à la machine par des appareillages, ils sont fouettés lorsque la cadence de production se met à baisser. [...]

« La durée du travail s'allonge (parfois à seize heures par jour dans la première phase de l'industrialisation), pour des tâches monotones et répétitives, et ce pour des salaires dérisoires. [...]

« Une partie des industriels [explique] [...] que l'emploi d'enfants leur évite de devenir des vagabonds, contribue ainsi à la paix sociale et aide les familles pauvres[1]. »

1. « Travail des enfants », Wikipédia.

Kant est dans le désert

Les défenseurs du capitalisme libéral sont sans doute les seuls moralistes (quelques adorateurs de Satan mis à part[1]) qui ne condamnent pas les défauts que sont l'égoïsme, l'avidité et l'avarice, bien au contraire. Pour eux, si le système fonctionne, c'est parce qu'il y a un truc (au sens de tour de magie) : la confrontation des vices individuels mène – abracadabra ! – à l'intérêt collectif. C'est peu ou prou ce qu'Adam Smith, l'un des pères du libéralisme, résume avec le concept de *main invisible du marché*. Cette justification morale apportée à l'égoïsme et à la cupidité en dehors de tout contrôle a aussi permis, au XIXe siècle en Europe[2], de faire travailler des enfants dans les mines (voir plus haut) et des millions d'esclaves dans les plantations sans se poser aucune autre question que celle de la rentabilité financière ! C'est chic ! Elle a permis à quelques opportunistes d'accumuler des fortunes tandis (ou parce) qu'une grande partie de la population crevait de faim. Les péchés que la morale traditionnelle et la religion avaient toujours condamnés étaient devenus respectables et n'importe quel connard pouvait désormais venir vous expliquer que s'il vous exploitait éhontément, vous mettait à la porte de chez vous ou vous condamnait à la famine, c'était pour le bien du plus grand nombre.

À bas les pauvres

Pour Nassau William Senior (1790-1864), à propos de l'abrogation (1834) des *Poor Laws* qui protégeaient (si peu) les pauvres, « le meilleur moyen de réduire leur nombre est de ne pas les secourir. "Si les pauvres

1. Et, bien sûr, le courant objectiviste fondé par la romancière Ayn Rand.
2. Et aujourd'hui encore dans de nombreux pays du monde.

savent qu'il leur faut travailler pour ne pas mourir de faim, ils travaillent. Si des hommes jeunes savent qu'ils n'auront pas de secours dans leur vieillesse, ils économisent. Si les vieillards savent qu'ils auront besoin de leurs enfants, ils s'efforcent de s'en faire aimer. Donc point de secours sinon à ceux qui n'ont vraiment ni famille ni moyens d'existence."[1] »

Connardocratie

Friedrich von Hayek, penseur et partisan du libéralisme économique, aurait déclaré que l'économie de marché libérale « est un système dans lequel les méchants peuvent faire le moins de mal possible ». Ce qui est effectivement le cas si on les laisse en liberté. Et, en effet, le capitalisme libéral entretient avec « les méchants » et la figure du connard d'étroits rapports de fascination. À ce titre il relève clairement, en tant que système, de la connarderie, c'est-à-dire qu'il s'accommode parfaitement d'une forte prévalence du connard en son sein. On pourrait même, à ce titre, considérer le capitalisme libéral comme étant en partie un *connardisme*, c'est-à-dire un système construit précisément *sur* la connardise. Le comportement prédateur de certains grands patrons ne nous dira pas le contraire. Mais que l'honnête patron de PME et le courageux travailleur indépendant (ou l'audacieux auteur de livres), qui sont aussi des entrepreneurs, se rassurent ! Le capitalisme connardise en priorité les esprits avides de domination ou de revanche et les personnalités en manque de reconnaissance. Par ailleurs, le capitalisme ne pourrait pas fonctionner sans la participation active

1. Ibrahim Warde, « Quand le libre-échange affamait l'Irlande », *Le Monde diplomatique*, juin 1996, p. 28.

de millions de personnes altruistes et collaboratives. S'il était laissé aux seuls soins des connards, il s'effondrerait immédiatement sous sa propre sauvagerie.

Des spécialistes vont encore plus loin qui qualifient certaines extensions du capitalisme libéral de connardocratie (ou de kakistocratie : « gouvernement par les pires »), dans laquelle ce sont les plus connards, les plus égoïstes et les plus dénués de scrupules, soutenus par des oligarques et des médias du même acabit, qui dirigent. Ce concept paraissait excessif avant que Donald Trump ou Jair Bolsonaro ne soient élus présidents de leurs pays respectifs.

Coucouche panier

Bien sûr le capitalisme, dans la totalité des pays d'Europe, n'est plus aussi sauvage qu'il l'était. Il a été tempéré contre son gré par deux siècles de luttes sociales et intellectuelles souvent meurtrières et la présence menaçante de l'Union soviétique. Les larges mouvements populaires réclamant plus de justice, de liberté et de dignité humaine ont eu raison de ses excès les plus flagrants, du moins en Occident. Sa brutalité a été encadrée par de solides gardes-connards dont la plupart tiennent encore aujourd'hui malgré la chute du communisme et les tentatives multiples et répétées de certains rapaces pour les faire tomber afin de « réduire les coûts ». Ainsi, les formes de capitalisme muselé telles que les pratiquent nos démocraties libérales actuelles seraient sans doute considérées par les distingués gentlemen libéraux du XIXe siècle comme d'insupportables enfers collectivistes. Ces ancêtres de nos néolibéraux actuels ne comprendraient sans doute pas qu'on ait imposé des systèmes de sécurité sociale pour protéger les chômeurs, les pauvres, les malades, les femmes enceintes, les vieillards et les enfants, qu'on ait autorisé les syndicats et institué la solidarité collective par la redistribution, toutes choses qui nuisent à la « liberté » des connards qui exigent toujours plus de rentabilité.

OK cupid

« Le fait est, mesdames et messieurs, que la cupidité – faute d'un meilleur mot – est bonne. L'avidité a raison. L'avidité fonctionne. La cupidité clarifie, découpe et saisit l'essence de l'évolution. La cupidité, sous toutes ses formes – la cupidité pour la vie, pour l'argent, pour l'amour, la connaissance – a marqué la montée en puissance de l'humanité. »
Discours du trader Gordon Gekko (Michael Douglas) aux actionnaires de sa société dans le film *Wall Street* d'Oliver Stone, 1987.

Ma gueule

La glorification de l'individu « qui gagne » au détriment du reste du groupe abîme le tissu social en produisant mécaniquement des perdants. Elle encourage parallèlement le développement de personnalités toxiques. Le comportement psychopathologique de figures reconnues du monde économique, l'opportunisme éhonté de nombre de personnalités politiques ou l'absence totale de déontologie de certains « journalistes » font que le petit connard ordinaire ne voit pas pourquoi il ne participerait pas, lui aussi, à la curée. Comment le lui reprocher ? Si les grands, les immenses connards, ceux qui dirigent le monde et les multinationales peuvent se comporter comme de parfaites ordures et être montrés en exemple, pourquoi n'aurait-il pas le droit de harceler « un peu » son assistante ?

Banksters

« Lors des jours sombres de 2008, quand l'économie américaine et mondiale était près de tomber de la falaise, le secrétaire du Trésor Hank Paulson réunit les principaux banquiers afin de leur annoncer qu'ils seraient forcés d'accepter 125 milliards (de participation de l'État, ndlr) sans contrepartie afin de consolider leurs bilans et de restaurer la confiance du marché. Sur quoi John Thain, le P-DG de Merrill Lynch, demanda brusquement : "Quel genre de garanties de rémunération allez-vous nous donner en échange[1] ?"

C'était une réflexion de connard dans toute sa splendeur : alors que les contribuables étaient forcés, pour le bien du pays et du monde, de protéger au prix fort les banquiers de leur propre négligence, la première préoccupation de ceux-ci était leurs bonus. »

Game over

Lorsque dans une société le nombre de personnes qui se comportent comme des connards augmente, chacun est obligé de s'adapter. Le moment vient vite où il y a tellement de tricheurs que plus personne n'a intérêt à jouer le jeu car respecter les règles est devenu carrément suicidaire : le seul choix rationnel est de survivre… en trichant à son tour. Il y aura toujours, bien sûr, des chevaliers blancs qui préféreront succomber que d'abandonner leur moralité, mais combien sont-ils ?

1. Ron Suskind, *Confidence Men: Wall Street, Washington, and the Education of a President* (New York: HarperCollins, 2011), 123–24

Les immenses connards auxquels notre système médiatique lèche les Berlutti posent à chacun d'entre nous un sérieux dilemme : pourquoi respecter les règles ? Ceux qui n'ont aucun scrupule deviennent riches, puissants et, en plus, ils ne se font même pas démolir par les médias (c'est normal, ils les possèdent). Dans certains milieux économiques, le niveau de connarderie est tel que ceux qui bénéficient d'avantages indus se sentent autorisés à en réclamer toujours plus. Ils défendent avec agressivité et indignation les lois et les institutions (dont les fameux parachutes dorés) qui leur donnent une part toujours plus grande du gâteau, quels qu'en soient les coûts pour les autres. Pendant ce temps, au bas de l'échelle, le nombre de gens qui ne voient pas pourquoi ils accepteraient, eux non plus, les fardeaux de la vie coopérative augmente dangereusement.

Influence de l'anthropocentrisme

Sommes-nous les connards de la biosphère ?

À dada

Le connard, on le sait, a un problème avec les limites. Or, si on applique notre définition à ce que l'humanité inflige depuis toujours à la mince et fragile pellicule de vie qui recouvre notre planète, on peut se poser la question de savoir si *Homo sapiens sapiens* ne constitue pas une espèce – au sens d'espèce animale – de connards ? En d'autres termes : sommes-nous des *Homo connardus*, les connards du Vivant ? En effet, par manque d'intelligence, de savoir-vivre et de scrupules, l'humain ne se comporte-t-il pas de façon complètement déplacée ? La réponse est dans la question : l'humain explose aujourd'hui presque toutes les limites de la biosphère[1] et met en péril non seulement l'existence de ses autres habitants, végétaux ou animaux, mais également la survie de ses propres descendants.

La seconde question qui se pose est : ce qualificatif peut-il s'appliquer à *l'ensemble* des membres d'une espèce, à savoir la nôtre ?

---

1. Sur les neuf limites planétaires à ne pas dépasser, sept sont chiffrées par les chercheurs et cinq sont déjà franchies : le changement climatique, l'érosion de la biodiversité, la perturbation des cycles biogéochimiques de l'azote et du phosphore, les changements d'utilisation des sols, l'acidification des océans, l'utilisation mondiale de l'eau, l'appauvrissement de la couche d'ozone stratosphérique, la pollution chimique et l'augmentation des aérosols dans l'atmosphère.

Commençons par le début : tout d'abord, peut-on être le connard d'un animal ou d'une plante ? Est-il légitime de qualifier de connard quelqu'un qui se comporte mal vis-à-vis d'entités non humaines (telles que les membres d'autres espèces, des cours d'eau, des forêts, voire la biosphère tout entière) ? Si je marche délibérément sur les pieds de mon prochain, je suis certainement un connard. Mais que se passe-t-il si je monte sur le dos de mon cheval ? Suis-je aussi son connard ? Et d'abord, puis-je être le connard d'un animal ?

Homo connardus

Tout dépend des droits moraux qu'on accorde aux animaux. Aucun cheval n'a jamais demandé, que je sache, à ce qu'on lui monte sur le dos. Si vous considérez qu'un cheval est un être intelligent et sensible, alors vous ne devriez peut-être pas le chevaucher. Si vous considérez en revanche qu'il n'est qu'une sorte de machine, alors vous pouvez sans doute le traiter comme une motocross qui se mange. De même, les autres êtres vivants qui ont le malheur de cohabiter avec nous sur la planète sont-ils seulement des outils inanimés que nous pouvons exploiter – ou que nous pouvons détruire – sans éprouver la moindre responsabilité à leur égard ? Comment considérer toutes les espèces sentientes[1] chez lesquelles on a découvert de claires manifestations de conscience de soi et d'intelligence (grands singes, éléphants, chiens, cochons, cétacés, pieuvres, etc.) ? N'ont-elles aucun droit ? N'avons-nous, du fait même de notre intelligence, aucun devoir envers elles ? Poussons le curseur un peu plus loin : n'avons-nous également aucune responsabilité envers les écosystèmes qui les abritent ? Nos rivières méritent-elles

1. Sentient : qui est sensible ou doué de sensation.

qu'on y déverse nos produits chimiques et nos océans qu'on y jette du plastique ? Nos rouleaux de papier toilette valent-ils vraiment la forêt qui a servi à les produire ?

Régulation du plaisir

Le lobbyiste « Willy Schraen (président de la Fédération nationale des chasseurs) aime répéter qu'ils sont "les premiers écologistes" de France, grâce notamment à leur activité de régulation des espèces. [...] Invité sur RMC à réagir aux images montrant des daims parqués pour être tués dans leur enclos, le patron des chasseurs [...] [a finalement avoué] : "Moi mon métier c'est pas chasseur, j'en ai rien à foutre de réguler", précisant prendre seulement "du plaisir dans l'acte de chasse"[1] ».

Autoconnard

Nous pouvons résoudre partiellement cette question en élargissant le débat : si nous nous intéressons aux outrages que nous faisons subir à notre environnement *dans son ensemble* et notamment à l'atmosphère, il est clair que nous sommes en train de mettre en danger les conditions d'existence d'autres humains. En détruisant l'environnement, nous nous faisons du mal les uns aux autres. Nous sommes les connards de nos enfants dont nous hypothéquons l'avenir. Nous sommes également les connards de ceux qui ont déjà perdu leur maison à cause du réchauffement climatique. Mais le pire, c'est que nous sommes aussi des connards avec nous-mêmes

1. Huffington Post, « Willy Schraen n'en a "rien à foutre" de réguler avec la chasse (et provoque un tollé) ».

puisque nous sommes assis sur la branche que nous scions. L'humain est une sorte *d'autoconnard*. Détruire l'environnement en toute connaissance de cause fait donc clairement de nous des connards.

Anthropocène[1] ?

Autre question : *chaque* humain sur la planète est-il un connard écologique ? La réponse est moins évidente. En effet, chaque membre de notre espèce ne peut sans doute pas être tenu *individuellement* pour responsable de la catastrophe écologique. Les centaines de millions de personnes qui ne participent pas (encore) à la société de consommation et vivent toujours dans le respect (plus ou moins volontaire) de leur environnement ne méritent pas d'être qualifiées ainsi.

Cette question vaut d'être posée de façon beaucoup plus brutale : qui est responsable de la catastrophe écologique ? Le chasseur-cueilleur !Kung du Kalahari ? Le Papou des hauts plateaux de Nouvelle-Guinée ? Le Tchouktche d'Extrême-Orient ? Le cupide actionnaire d'une grande compagnie pétrolière ? Le Guarani du Brésil ? La réponse est évidente (attention, il y avait un intrus) : tous les humains ne sont pas identiquement responsables de la catastrophe écologique. Quant à ceux qui y participent – comme, malheureusement, l'auteur de ce livre –, tous ne le sont pas *dans la même mesure*. Un membre de la classe moyenne, même dans un pays développé, n'a évidemment pas les mêmes responsabilités qu'un riche dirigeant du système capitaliste à la tête d'une banque, d'une multinationale du pétrole, d'une compagnie minière, d'un État ou d'un

1. Période durant laquelle l'influence de l'être humain sur la biosphère a atteint un tel niveau qu'elle est devenue une « force géologique » majeure capable de marquer la croûte terrestre.

fonds de pension. Notre système ne se dirigeant pas tout seul, la responsabilité principale de la catastrophe ne doit-elle pas être prioritairement imputée à ceux qui sont aux manettes ? Ainsi, la catastrophe actuelle, que beaucoup qualifient d'anthropocène, de « l'ère de l'humain », est-elle de la responsabilité de *tous* les humains ou seulement d'une petite poignée de gros connards parmi eux[1] ?

Gros relou

Les humains n'ont pas attendu le XXe siècle pour bousiller leur environnement : *Homo sapiens* a mis le souk presque partout où il s'est répandu depuis qu'il est sorti d'Afrique (à partir de – 120 000 ans). Les scientifiques ont découvert qu'il avait d'abord fait disparaître la mégafaune australienne (à partir de – 47 000 ans) puis celle de l'Amérique (– 30 000 ans). Plein de super animaux rigolos (maxi-koalas, paresseux géants, etc.) que les gosses auraient adorés et qui peuplaient la planète il y a encore cinquante mille ans manquent aujourd'hui à l'appel. Nous avons du mal à l'imaginer, mais la nature « sauvage » d'il y a vingt mille ans avait *déjà* été salement abîmée par nos ancêtres. Dès l'Antiquité, un certain nombre d'écosystèmes ont été détruits (comme la forêt grecque, par exemple) et l'on considère que les modifications climatiques actuelles ne sont sans doute pas les premières que l'activité humaine fait subir à la planète. Les Romains de l'Antiquité avaient semble-t-il déjà modifié localement leur climat à force de déforestation. Quant à la disparition tragique de millions d'Amérindiens à la suite des invasions européennes après 1492, elle aurait, en permettant aux forêts de repousser,

---

1. Lire, à ce sujet : Éric La Blanche, *Colère ! Contre les responsables de l'effondrement écologique*, Delachaux, 2020.

contribué au « petit âge glaciaire » en Amérique du Nord (XVIe-XIXe siècle). Nos ancêtres étaient-ils pour autant des connards écologiques ?

Connardocène

Pour être un connard, il faut transgresser des règles. Et pour transgresser des règles, il faut les connaître. Or, pour en revenir à l'effondrement écologique, nos lointains ancêtres n'avaient aucune idée de l'existence des équilibres qu'ils perturbaient : les chasseurs-collecteurs australiens vivant il y a quarante mille ans, par exemple, ne savaient pas, contrairement à nous, qu'ils étaient en train d'éradiquer définitivement leur mégafaune. D'autant que le processus a duré plusieurs milliers d'années contre un demi-siècle aujourd'hui. En comparaison, ceux qui aujourd'hui continuent délibérément à enfreindre les règles que, grâce à la science, nous connaissons parfaitement, sont vraiment des connards. Nous proposons donc officiellement aux commissions scientifiques qui déterminent les subdivisions de l'échelle des temps géologiques d'adopter le terme de *connardocène*, « l'ère du connard », pour qualifier l'abominable période actuelle.

Tueurs-nés

« On savait déjà que ExxonMobil, BP et Shell ont longtemps nié le changement climatique dont ils étaient pourtant certains de la gravité. Qu'à coups de milliards de dollars, les géants pétroliers américain, britannique et anglo-néerlandais ont fait circuler de fausses informations et financé des climatosceptiques. Qu'ils ont entravé de manière méthodique toute politique de réduction des émissions de gaz à effet de serre. Une étude publiée par deux historiens et un sociologue, dans la revue scientifique *Global Environmental Change*, mercredi 20 octobre, accable cette fois le fleuron français des énergies fossiles : TotalEnergies.

Elle montre que la major pétrolière était au courant de l'impact "potentiellement catastrophique" de ses produits sur le réchauffement climatique dès 1971, soit bien avant la connaissance du grand public sur le sujet. Après en avoir acquis la certitude, l'entreprise a malgré tout entrepris, durant de longues années, de semer le doute sur la réalité du changement climatique et de freiner l'action afin d'extraire toujours plus de combustibles fossiles[1]. »

Connardosceptiques

L'avantage du mot *connardocène* par rapport à *anthropocène*, c'est qu'il ne concerne pas *tous* les êtres humains. Parce que tous les *anthropos* (« humains ») ne sont pas des connards. Ce mot pointe au contraire les responsabilités d'une toute petite bande de quelques millions d'entre eux, ceux qui depuis cinquante ans s'évertuent malgré les alertes à entraver ou à en faire le minimum contre l'effondrement écologique. Il vise tous ceux qui, par intérêt personnel, se croient autorisés à laisser leurs multinationales, leurs mines, leurs puits de pétrole, leurs troupeaux, leurs plantations, leurs avions,

1. Audrey Garric, « Changement climatique : comment Total et Elf ont contribué à semer le doute depuis des décennies », *Le Monde*, 20 octobre 2021 ; https://www.lemonde.fr/planete/article/2021/10/20/comment-total-et-elf-ont-contribue-a-nourrir-le-doute-sur-la-realite-du-changement-climatique_6099044_3244.html

leurs bagnoles ou leurs gadgets débiles pourrir la planète pour s'enrichir sans tenir compte des conséquences pour les autres. Ceux qui financent à coups de milliards des médias, des fondations ou des comités bidon pour désinformer le grand public. Ceux qui n'utilisent leur pouvoir politique que pour satisfaire les lobbies qui financent leurs campagnes électorales. Ceux qui, en vertu d'une idéologie stupide et bornée, préfèrent servir leurs actionnaires plutôt que l'avenir de leurs propres enfants. Bref, tous les parfaits connards qui, parce que leur stupidité et leur égoïsme n'ont aucune limite, ne veulent pas voir que notre environnement en possède. Si nous voulons réellement « sauver la planète » (ou plutôt, ce qui vit dessus), nous allons devoir nous déconnardiser de toute urgence, car c'est un monde de collaboration, de partage et de respect des limites qui doit advenir. L'autre n'est plus possible.

Les pays connards

La diplomatie internationale ou l'art d'enrober la connarderie

Sic transit gloria mundi

De même qu'il existe chez certains individus une forte tendance à se croire meilleurs que les autres, certains pays sur la planète ne se mouchent pas avec le coude et méritent largement le titre de « pays connards ». Un pays connard n'est pas un pays peuplé de connards mais un pays qui, s'il était un individu, mériterait ce titre. C'est donc une nation dont les habitants ne sont pas forcément des connards *entre eux* mais qui estiment que leur pays est meilleur que celui des autres et que cela leur donne des droits supérieurs, comme celui de les agresser ou de les oppresser. Il y a deux catégories principales de pays connards : ceux qui sont puissants et ceux qui ne le sont plus. Les pays puissants sont très dangereux parce qu'ils ont les moyens de se croire tout permis. Et ceux qui ne le sont plus sont encore pires parce qu'ils sont vexés, susceptibles, prétentieux, revanchards et prêts à faire n'importe quoi pour retrouver leur gloire passée au prétexte qu'ils ont été « humiliés par l'Histoire », les pauvres choux, alors qu'ils n'ont eu la plupart du temps besoin de personne pour se ridiculiser.

Exceptionnalité

Ce qui unit les pays connards, c'est qu'ils se réfèrent tous à une qualité qui leur a fait prendre la grosse tête : ils pensent tous qu'ils possèdent un truc *exceptionnel* que les autres n'ont pas. Certains auraient été élus par les dieux (USA, Russie, Israël, Arabie Saoudite), d'autres ont été des centres de rayonnement culturel à un moment donné ou à la tête d'empires disparus (presque tous les pays du monde). Pour eux, avoir envahi le voisin, massacré ses habitants, brûlé ses récoltes, violé ses femmes et occupé son territoire constitue un souvenir agréable et un motif de glorieuse nostalgie : c'était le bon temps ! Avoir fondé un empire, une religion durable ou un système politique original donne à beaucoup de peuples l'impression qu'ils sont de qualité supérieure – même lorsque la qualité en question a disparu depuis longtemps. On retrouve donc bien ici la tendance du connard qui estime – selon des règles qu'il a lui-même définies – qu'il se situe *au-dessus* des autres. La liste de ces pays est fort longue car il est dans la nature de nombreux peuples de se juger meilleurs que les autres pour affirmer leur identité. Tous ne poussent nécessairement pas leur complexe de supériorité jusqu'à regretter le temps où ils massacraient leurs voisins. Certains ont cependant, comme pour les individus, une indécrottable tendance à se croire sortis de la cuisse de Jupiter et à chercher des noises aux autres en permanence. Une bonne déculottée économique ou militaire se charge généralement de les ramener à la modestie. Mais pas toujours.

France éternelle

Pas besoin de torturer nos voisins pour leur faire avouer comment ils nous considèrent : comme une nation de connards arrogants et prétentieux qui se croient plus intelligents que les autres et considèrent toujours qu'ils sont une grande puissance et un centre de rayonnement intellectuel majeur malgré toutes les roustes reçues depuis deux cents ans. Quand on interroge des voyageurs, ce qui caractérise les Français, c'est que ce sont les seuls à demander systématiquement comment leur pays est perçu. Qu'on ne s'y trompe pas, ce questionnement n'est pas le signe d'un salutaire désir d'introspection, mais celui d'un narcissisme maladif alimenté par une forte angoisse de déclassement. Comment ? La France ne serait plus *la Grande Nation* (comme le disent les Allemands pour se foutre de notre poire), le pays le plus laïque et le plus cartésien du monde, celui de la culture, du débat, de la diplomatie, de l'amour et de la cancoillotte, celui qui a poussé l'art de vivre à sa plus haute expression, bref, la France n'est-elle pas tout simplement le pays le plus… français ? Sa tendance à se mêler de tout et à se comporter comme si elle était encore un phare pour l'humanité agace légitimement dans de nombreux pays, dont les plus puissants nous regardent comme une sorte de gigantesque BHL, freluquet pénible et prétentieux.

Super conquérant

La plupart des pays tiennent absolument à enseigner à leurs enfants les rudiments de leur « glorieuse histoire nationale », même lorsqu'elle n'est pas glorieuse du tout. En faisant cela, ils enconnardisent – quand ils n'endoctrinent pas – des générations de pauvres gosses qui n'ont rien demandé. Une large partie des « valeureux conquérants » ou des « grands rois » que les mythologies nationales érigent en modèles n'ont souvent été que de tristes massacreurs. Trop peu de sociétés se sont posé la question de savoir quel était exactement « l'exemple » que ces grands hommes donnent aux enfants : va chez ton voisin, tue-le et prends-lui tout ce qu'il a… Belle mentalité ! Pour notre part, lorsqu'on étudie sérieusement les biographies d'Alexandre le Grand (le grand quoi, d'ailleurs ?), de Jules César et Charlemagne – sans parler de Louis XIV, de Napoléon ou des « héros » de notre empire colonial, bien sûr – on est frappé par le fait qu'on a essentiellement affaire à d'inexcusables salopards qui, selon nos critères actuels, ceux de la Cour internationale de justice de La Haye, mériteraient tous la perpétuité. À l'heure où ces lignes sont écrites, la guerre en Ukraine fait rage et force est de constater qu'une partie de ceux qui se sont comportés en leur temps comme l'abject Poutine aujourd'hui ont toujours leur statue sur les places des grandes villes du monde. Certaines des pires brutes militaires que la terre ait portées figurent toujours au panthéon des nations, ce qui n'est pas exactement l'exemple à donner si l'on veut lutter contre la connardise générale. Sauf s'il s'agit précisément d'une politique délibérée pour entretenir des masses de jeunes hommes dans l'ivresse de leur supériorité, afin qu'ils aillent se faire trouer la peau « pour la patrie » au profit de ceux qui la dirigent.

Patriotisme infantile

Quoi qu'il en soit, il est toujours curieux de constater que des comportements jugés inadmissibles pour des particuliers sont excusés pour des dirigeants qui engagent des nations entières. Lorsque ces hommes (on devrait plutôt dire ces adolescents) d'État s'expriment, on les écoute les sourcils froncés mais nul n'ose dénoncer le profond ridicule dont ils font preuve. C'est comme si tout le monde se retenait, parce qu'ils sont des dirigeants, de les appeler par leur nom : de simples lourdauds à l'honneur chatouilleux, ridicules et arriérés. Le plus étonnant, c'est que tandis que nous enseignons à nos enfants à ignorer les insultes et à ne pas répondre aux provocations des imbéciles, nous nous forçons à prendre les fanfaronnades venues d'en haut au sérieux. Par certains côtés, le concert des nations ressemble plus à une cour d'école (tu vas voir ta gueule à la récré) qu'à une enceinte de gens mesurés, adultes et réfléchis. Ainsi, les attitudes connardes qui nous affligent lorsqu'elles sont le fait de deux abrutis qui se cherchent des noises à la sortie d'un bar nous semblent bizarrement plus respectables lorsqu'elles sont le fait de chefs d'État qui prétendent laver l'honneur de leur patrie humiliée. Sans doute est-ce parce que le connard de base n'est pas dangereux tandis que le fou qui dirige une dictature hésite rarement à déclencher un conflit sanglant… Mais à la fin, le fait est que s'il y avait moins de connards pour donner le mauvais exemple à la tête des États, le spécimen de base, celui qui klaxonne parce qu'il y a un feu rouge, se sentirait peut-être moins légitime.

Partie V : Une conjoncture favorable au connard

Un faisceau convergent de circonstances connardogènes

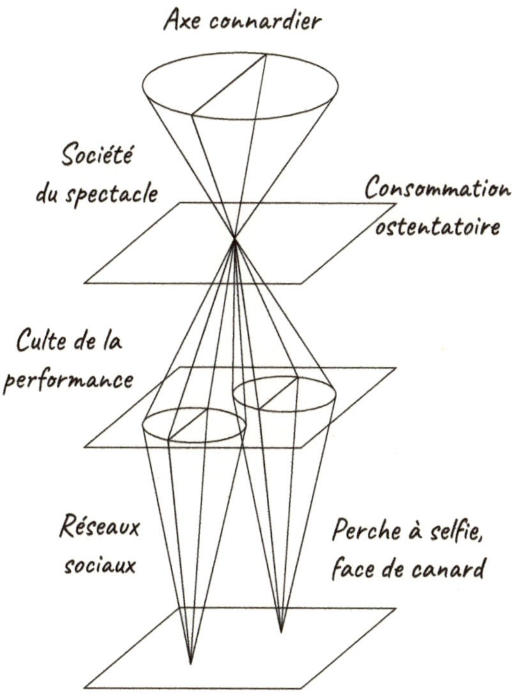

Cas pratique

Médiocre

Il gagne beaucoup d'argent et il aime que ça se sache. Pour donner une idée du montant de son salaire, il dit toujours : « Prenez la somme que vous aimeriez gagner et multipliez-la par deux. » Puis il sourit. Il dit aussi que, s'il a « réussi dans la vie », c'est parce qu'il n'a jamais hésité à « bouffer des tartines de merde », qu'il a su « lécher les bons culs » et qu'il n'a jamais eu « aucune pitié pour les nuls ». Et, en même temps, « c'est bien qu'ils existent », ajoute-t-il, ça laisse de la place « pour les bons ». Et il sourit. Il déteste les assistés et plus encore « les gauchistes qui les défendent », tous ces gens à qui on a « chié dans la tête ». Finalement, las de se faire « racketter par les impôts », il est parti travailler « aux States » où il n'a pas trop mal réussi. Malheureusement, au bout de quelques années, il est tombé gravement malade.

Lorsqu'il a réalisé combien lui coûteraient ses traitements sur place (malgré son salaire à sept chiffres), il est rentré illico se faire soigner en France. « Je suis pas con non plus », se justifie-t-il.

Influence de la société du spectacle

Du romantisme aux sixties : la révolution culturelle du connard

« N'y voyez surtout pas le fantasme de l'homme mais plutôt le délire de l'artiste, n'est-ce pas. » Pierre Mortez in *Le Père Noël est une ordure*.

Licence poétique

Il existe une vieille coutume remontant à Aristote qui autorise l'Artiste (avec un grand A) à tendre vers le connard. Cette croyance a survécu jusqu'au XIXe siècle, époque à laquelle le Poète est définitivement devenu une personne spéciale, sorte de grande mouette que ses ailes de dépendeur d'andouilles empêchent de marcher et qui peut donc s'autoriser à geindre en permanence et à terroriser de ses caprices saugrenus tous ceux qui lui font l'honneur de coexister avec lui. Cette vieille idée, évoquée par Diderot, « les grands artistes ont un petit coup de hache dans la tête », a été renforcée par l'apparition du romantisme (1780-1850), mouvement culturel qui se caractérise par « une volonté de l'artiste d'explorer toutes les possibilités de l'art afin d'exprimer ses états d'âme : il est ainsi une réaction du sentiment contre la raison, [...] cherchant l'évasion et le ravissement dans [...] l'idéal ou le cauchemar d'une sensibilité passionnée et mélancolique[1] ». Ce charabia, magnifiquement illustré par *Les Souffrances du jeune Werther* de Wolfgang Von Goethe, constitue une porte grande ouverte à l'expression du narcissisme le plus exacerbé et, partant, à la connardise la plus débridée. Le XXe siècle va parachever l'œuvre du romantisme quant à la position « spéciale » que l'Artiste (toujours avec un grand A) mérite d'occuper dans la société et aux privilèges que celle-ci doit lui octroyer.

Dérèglement

Dès le milieu du XIXe siècle, l'Artiste quitte les rivages austères de la morale commune pour partir en villégiature dans un autre univers : celui du « long, immense et déraisonné dérèglement de tous les sens » cher à Rimbaud. Dans cette étrange contrée règnent en maîtres la pulsion, l'inconscient, la possession, la fièvre, les paradis artificiels et, bien sûr, le délire. La citoyenneté de ce merveilleux pays offre à l'Artiste une sorte de passeport diplomatique moral qui va lui permettre de se laisser aller à tous les excès, quel que soit son talent réel. En proie à de prétendus délires, il va se faire passer pour une sorte de malade exalté au prétexte que les « forces de la création » s'expriment à travers lui.

Délire !

« Pendant la première tournée du groupe britannique The Who à New York, le batteur Keith Moon se fait remarquer en réveillant tous les clients d'un hôtel après avoir fait sauter une porte de sa suite avec des explosifs ! Le 23 août 1967, pour son 20ème anniversaire, le batteur organise

1. « Romantisme », Wikipédia.

une méga fête dans un hôtel. Il prétend avoir 21 ans, l'âge légal aux États-Unis pour pouvoir consommer de l'alcool. Après avoir détruit plusieurs suites, il va jusqu'à couler une voiture dans la piscine d'un hôtel de la même chaîne. »[1]

Rock'n'roll attitude

Grâce à l'arrivée de la pop music, du rock'n'roll et de la consommation culturelle de masse dans les années 1950, l'image du personnage excentrique, iconoclaste et incontrôlable que les artistes du début du siècle, et notamment les peintres, avaient esquissée va rapidement atteindre le grand public. L'Artiste est désormais un visionnaire, un voyant, un génie, un chamane, un fou, un incompris… mais surtout, il rapporte de l'argent. Rendus richissimes par la puissance des industries discographique et audiovisuelle en plein essor, une poignée de musiciens, de comédiens et de plasticiens généralement anglophones vont ériger le passage de bornes et le foutage de gueule en art de vivre. Tant que l'argent coule à flots, tout va bien, on peut jeter les téléviseurs par la fenêtre des hôtels[2]. « L'unique différence entre un fou et moi, c'est que je ne suis pas fou », a reconnu d'ailleurs le peintre Salvador Dalí (que le facétieux André Breton avait surnommé Avida Dollars à partir d'une anagramme de son nom). Nous sommes à la fin des années 1960. Les artistes sont rendus quasi invulnérables par les millions de dollars qu'ils génèrent et l'influence qu'ils ont sur la tumultueuse

1. Tiré de *Rock'n'folk* https://www.rocknfolk.com/news/sexe-drogue-et-rocknroll-les-pires-anecdotes-des-rockeurs/63001

2. Comme Keith Richards, le guitariste des Rolling Stones, dans le documentaire *Cocksucker Blues* de Robert Frank.

et fort nombreuse jeunesse de l'époque, et les mass media vont bientôt parvenir à populariser l'idée que l'Artiste est par nature un rebelle déséquilibré et qu'il peut tout se permettre. Pourquoi pas ? N'empêche que, tapi dans l'ombre, le connard ne perd pas une miette de la révolution culturelle qui s'accomplit. Il comprend vite tout le bénéfice qu'il va pouvoir tirer de l'immense vent de liberté qui souffle sur la jeunesse occidentale qui proclame qu'il est *interdit d'interdire*[1]. Il s'en lèche les babines : une nouvelle ère de permissivité s'ouvre et le rebelle de pop culture, mi-révolutionnaire mi-marchandise, est son héraut.

Et les écrivains ?

« [Dans les années 1960-1970], des penseurs influents comme Herbert Marcuse et Paul Goodman tentèrent de combiner le marxisme ou l'anarchisme avec une réinterprétation de Freud permettant d'établir des liens entre refoulement sexuel et émotionnel et répression politique, et soutinrent l'idée que se libérer de ses inhibitions faisait partie intégrante de la lutte révolutionnaire. Les fauteurs de troubles étaient de plus en plus souvent considérés comme des rebelles et des anticonformistes, ou bien comme des victimes du racisme, de la pauvreté ou de mauvais parents. Les vandales multipliant les graffitis étaient désormais des “artistes”, les voleurs des “combattants de classe”, et les casseurs du coin des “représentants de communautés”. Bien des personnes

1. Aphorisme de l'humoriste Jean Yanne qui a servi dans les années 1970 à résumer Mai 68.

intelligentes, intoxiquées par cette radicalité à la mode, se livrèrent à des actes incroyablement stupides. Des diplômés des meilleures universités assemblèrent des bombes artisanales qu'ils firent exploser devant les bureaux des œuvres sociales de l'armée, ou conduisirent des véhicules permettant à des "radicaux" de s'enfuir après avoir commis des braquages et tiré sur des agents de sécurité. Des intellectuels new-yorkais se firent avoir par le bla-bla pseudo-marxiste de psychopathes au point de militer activement pour qu'ils soient libérés de prison[1]. »

Starmania

Une star – du fait même qu'elle est une star – est autorisée, pour ne pas dire encouragée, à se comporter comme telle, c'est-à-dire comme une diva fantasque et inconséquente. Sinon elle n'est pas vraiment une star. Elle peut donc se permettre de multiplier les caprices à loisir, manquer aux règles les plus élémentaires de la bienséance, tyranniser le petit personnel, rabrouer les journalistes qui l'ont rendue célèbre et même escroquer le public qui la nourrit, peu importe, tout lui sera pardonné. Il n'est pas question de se prononcer sur la légitimité de ces comportements – peut-être l'Artiste a-t-il réellement besoin de détruire des suites d'hôtel pour être créatif –, ce qui importe, c'est uniquement le fait que ces écarts de comportement soient tolérés par beaucoup au prétexte que « les artistes sont spéciaux ». Cette idée reçue n'est pourtant qu'une construction idéologique supplémentaire : rien n'autorise l'artiste – même pas

1. *In* Steven Pinker, *La Part d'ange en nous*, Les Arènes, 2017.

le talent – à se comporter comme un connard ou à revendiquer les bénéfices secondaires[1] d'une sensibilité extrême.

Starmaniaaaa

« La diva Mariah Carey accorde [...] plus d'importance à la salle de bains. La robinetterie doit y être dorée, le bain rempli d'eau minérale française, et le siège des toilettes doit être changé avant son arrivée. Britney Spears s'attarde davantage sur sa loge, tout en restant simple : un canapé mesurant 1,80 mètre, un tapis sans odeur et un téléphone lui suffisent. Si toutefois vous hébergez Céline Dion dans votre établissement, n'oubliez pas de régler la température de son dressing sur 23 °C. Jennifer Lopez aura de quoi vous faire pâlir en réservant sa suite : mur, sol, bougies, fleurs et fauteuils doivent être blancs[2]. »

La bohè-meu

Que quelques vedettes du spectacle se comportent en dictatrices et tyrannisent leur entourage ne prête guère à conséquence ; elles n'oppriment que ceux qui ont commis l'erreur de travailler dans le monde merveilleux du showbiz. Mais la chose est plus gênante lorsque le droit à la connardise est revendiqué par des dizaines de milliers d'amateur(e)s qui imitent leurs « idoles » en se prenant pour les victimes incomprises de la société.

---

1. Bénéfices directs ou indirects qu'une personne retire de sa maladie et qui tend à la renforcer.
2. http://www.chartsinfrance.net/actualite/news-80594.html.

Le connard sait tout l'intérêt qu'il y a à endosser l'habit de lumière de l'Artiste, fût-il en herbe. Il est loin le temps où Baudelaire (encore lui) écrivait : « Lorsque, par un décret des puissances suprêmes, / Le Poète apparaît en ce monde ennuyé, / Sa mère épouvantée et pleine de blasphèmes / Crispe ses poings vers Dieu, qui la prend en pitié [...][1] »

Aujourd'hui, maman inscrit elle-même ses rejetons aux cours de théâtre ou d'arts plastiques car « faire l'artiste » est devenu une chic activité, socialement valorisée et psychologiquement bénéfique, raison pour laquelle beaucoup de gens se piquent de création artistique dans des domaines qui vont des arts majeurs aux loisirs créatifs.

Graph hic

Le tagueur (ou taggeur) est une personne qui, seule ou en groupe, réalise des tags (*étiquettes* en anglais), c'est-à-dire qui signe les murs, les trottoirs ou le mobilier urbain afin de s'exprimer et de « marquer son territoire ». Nous ne parlons donc pas ici de l'artiste qui vient illuminer un vieux mur gris et triste avec une œuvre picturale élaborée mais bien du crétin des plages qui vient graffer zob22 sur le mur de l'école primaire. Celui-ci mérite certainement le qualificatif de connard car il correspond en tout point à notre définition : une sorte très particulière de « créateur » qui vandalise intentionnellement l'espace public. La loi, heureusement, ne s'y trompe pas : elle considère que, quel que soit le caractère

1. Baudelaire, « Bénédiction », *Les Fleurs du mal*, 1857.

de l'œuvre, celui-ci n'efface pas la qualification des « destruction, dégradation ou détérioration d'un bien appartenant à autrui », faisant prévaloir le droit pénal sur le droit d'auteur. Pour la loi, l'œuvre de l'artiste est donc « recouverte » par celle du délinquant.

Quoi ma gueule ?

Plus grave est le fait que les artistes soient devenus des modèles auprès d'une grande partie de la population, non pour la qualité de leurs œuvres mais précisément pour leur comportement connard. Pour alimenter le buzz, un certain nombre de personnalités promeuvent, au nom de l'art, des comportements largement toxiques – quand ils ne défraient pas la chronique judiciaire. L'époque où les petits enfants avaient pour modèle des saints ou de grands hommes d'État est révolue et, sans vouloir y retourner, on sent bien que les licences comportementales que s'octroient certains artistes connards ne sont pas pour rien dans la propagation du phénomène à l'ensemble de la population. Comment le petit mâle perdu, scotché aux réseaux sociaux, résisterait-il au clip de son fournisseur de « son » préféré lorsque celui-ci lui montre tout le bien qu'il y a à afficher son argent et sa vulgarité, à s'entourer de figurantes dénudées ou à promouvoir la violence et les armes à feu ? Beaucoup d'artistes se réfugient derrière une pseudo-licence artistique pour justifier leurs débordements connardiers mais, passé un certain niveau de notoriété, ils n'en ont même plus besoin : la célébrité suffit à tout excuser. Ils sont alors rejoints par des vedettes issues d'autres disciplines, sportifs, journalistes, écrivains, politiques, people, chefs d'entreprise, scientifiques, à l'autel de la grande connarderie où tous communient dans l'indécence d'une notoriété à responsabilité limitée. Comment s'étonner, dès lors, de la recrudescence de la figure du connard dans la société ?

Influence de la consommation ostentatoire

L'exemple de la motocyclette comme signe extérieur de connardise assumée

« Je n'ai besoin de personne, en Harley Davidson / Je n'reconnais plus personne, en Harley Davidson. »

Serge Gainsbourg – *Harley Davidson* (1967)

Consomme et t'es toi

La société de consommation a eu, dès sa naissance, une influence notoire sur le niveau de connardise général. On l'a vu, industriels et publicitaires savent depuis toujours l'intérêt qu'il y a à entretenir chez chacun(e) l'idée qu'il ou elle est une personne spéciale – « parce que je le vaux bien ». Ainsi, afin que nous ayons toujours envie d'acquérir des objets d'une utilité discutable mais qui vont nous permettre d'entretenir une rivalité ostentatoire[1] avec les membres de notre entourage, c'est-à-dire leur montrer à quel point nous sommes dignes de jalousie, le connard qui est au fond de nous doit être interpellé, réveillé, bousculé, flatté et aguiché. Le système marchand bâtit donc une relation intéressée avec lui : il en a besoin pour continuer à vendre et n'a que faire des gens mesurés, modestes et discrets. Il est bien évident que les milliards investis chaque année

1. La consommation ostentatoire est une consommation destinée soit à mettre en évidence son statut social ou son mode de vie, soit à faire croire aux autres que l'on possède ce statut social ou mode de vie.

en publicité finissent par exercer une influence sur la connardise des consommateurs – sinon ils ne seraient pas dépensés. La publicité, ça marche, c'est pour ça que les industriels en font. Parmi la pléthore d'objets semi-utiles proposés chaque jour à notre temps de cerveau disponible, certains sont plus susceptibles d'alimenter notre connardise : ceux qui nous confèrent un statut aux yeux des autres, les signes extérieurs de richesse, d'appartenance, de force, etc.

Signes extérieurs

Certains signes, comme les voitures de sport et autres 4X4, jets, yachts, montres de luxe, armes ou chiens de combat trahissent assez fidèlement la nature connardière de ceux qui les acquièrent. C'est précisément parce qu'ils permettent, en quelque sorte, de *faire le connard* que certains consommateurs les choisissent. Parmi eux, analysons le cas de la motocyclette haut de gamme. Dans cette catégorie d'engins, les constructeurs offrent à quasiment n'importe qui des capacités de tapage tout à fait démesurées. Une moto de course japonaise à hurlement de sirène d'acier ou un gros cube pétomane genre Harley Davidson donnent à chacun l'alléchante possibilité de casser sans aucun risque les oreilles de plusieurs dizaines de milliers de citadins. Un sociopathe un peu organisé pourrait s'amuser à réveiller simultanément plusieurs millions de personnes rien qu'en empruntant le bon itinéraire dans une quelconque capitale par une nuit d'été, ravageant des quartiers entiers et transformant leurs placides habitants en fous de la gâchette. Il est extrêmement rare qu'un tel pouvoir de nuisance soit concentré entre les mains d'une seule personne, éditorialistes télé et dictateurs exceptés.

Les méchants qui hantent les histoires de superhéros se donnent généralement beaucoup plus de mal pour des résultats bien moins concluants. Quant aux terroristes, ils leur suffirait peut-être de quelques motos de course pour mettre les grandes capitales du monde à genoux par tapage nocturne.

La fureur de nuire

Qu'on ne s'y trompe pas ! L'abominable vacarme délivré par la plupart des grosses motos n'est pas un défaut que les constructeurs n'auraient pas réussi à corriger, mais une qualité recherchée : faire saigner les oreilles des piétons est agréable à certains motocyclistes. En conséquence, les constructeurs veillent à ce que les capacités de nuisance sonore des véhicules qu'ils mettent sur le marché ne descendent jamais en dessous d'un certain seuil.

Les paroles de la chanson de Gainsbourg interprétée par Brigitte Bardot en 1967 résument magnifiquement les liens qui unissent le connard au motocyclisme : n'ayant besoin de personne ni ne reconnaissant quiconque, le possesseur d'un gros cube se croit autorisé à perforer les tympans de tout le monde. Et de fait, la loi l'y autorise plus ou moins : le motard qui vous fait risquer l'attaque cardiaque avec son bruit de bombardier Stuka en piqué est un connard légal. En montant sur son « terrible engin », c'est la liberté même que le fier *rider* a l'impression d'enfourcher. Juché sur sa selle, l'accélérateur bien en main et un énorme phallus d'acier entre les jambes, il lui semble qu'il séduit *les meufs* et qu'il domine le reste de l'humanité, d'abord les autres véhicules, aussi lourds et lents qu'il est agile et rapide, mais également la piétonnaille – et il regrette parfois qu'on ne puisse plus, comme au Moyen Âge, lui foncer dessus lorsqu'elle est un peu lente à dégager le passage. « Sa moto qui partait comme un boulet de canon / Semait la terreur dans toute la région », chantait Edith Piaf dans *L'Homme à la moto* en 1956 sur le même sujet.

Témoignage

« À l'époque, j'avais une Ducati GT1000, une moto néo-rétro qui faisait beaucoup, beaucoup de bruit. Pourtant, en tant que citadine, je n'avais jamais supporté les motards qui se mettent à accélérer et à faire un boucan d'enfer alors je faisais attention. Et puis un jour, dans une petite rue, j'ai eu envie de m'amuser avec mon engin entre deux feux. J'en ai eu marre des piétons et j'ai commencé à accélérer à fond alors que c'était le comportement que j'étais la première à condamner. Heureusement, au dernier moment, je me suis retenue : je me suis rappelé que le rapport entre le plaisir qu'on ressent individuellement et l'emmerdement que ça cause aux autres n'en vaut pas la chandelle. C'était moins une : j'avais vraiment failli me transformer en grosse connarde. »

Témoignage d'Emma M., rescapée de justesse

Né pour être sauvage

Le connard motocyclé trouve dans sa monture un exutoire facile à ses instincts de domination. Il va plus vite, il est plus libre, il est plus fort, il fait plus de bruit, bref, il peut facilement se croire au-dessus des autres, ce qui est, rappelons-le, la définition du connard. Ajoutons à cela que certains spécimens se pensent également au-dessus du code de la route ou même, pour les plus extrêmes, des lois de la physique. Celle-ci se charge généralement de les démentir en les envoyant goûter à l'ivresse d'un véhicule d'un autre genre : le fauteuil roulant.

Alors bien sûr, cette description ne concerne pas les nombreux citoyens qui utilisent une motocyclette pour se déplacer, ni ceux qui aiment juste conduire tranquillement le casque au vent ; ils ont toute notre sympathie. Il est néanmoins manifeste qu'au-delà d'une certaine taille et d'un certain cubage, la moto échappe à la catégorie des moyens de transport pour entrer dans celle des accessoires connardiers. La sagesse populaire ne s'y trompe pas et prête rarement au fanatique de motocyclisme un goût prononcé pour la délicatesse intellectuelle, la tempérance et le charme discret. Pour le dire plus simplement, elle le soupçonne souvent d'être un connard.

Les mêmes remarques peuvent s'appliquer aux quatre roues.

Fous du volant

Des scientifiques de Las Vegas ont mesuré que l'incivilité au volant croît à mesure que la valeur du véhicule conduit augmente. Selon leur étude, une augmentation de 1 000 dollars du prix de la voiture correspond à 3 % de chances en moins de laisser passer un piéton[1].

1. "Estimated car cost as a predictor of driver yielding behaviors for pedestrians », Journal of Transport & Health, volume 16, March 2020.

Ce n'est pas la première des recherches à mettre en évidence un tel rapport : les voitures coûteuses ou rapides ont eu de tout temps un impact sur le niveau de connardise de leurs conducteurs.

Influence des réseaux sociaux

La connardise, carburant de l'économie de l'attention

« Les réseaux sociaux ont donné le droit de parole à des légions d'imbéciles qui, avant, ne parlaient qu'au bar et ne causaient aucun tort à la collectivité. On les faisait taire tout de suite. Aujourd'hui, ils ont le même droit de parole qu'un prix Nobel. »

Umberto Eco

E-llimité

Autrefois, le connard était soumis à un contrôle social. Lorsqu'il se comportait mal, en famille, au bistrot, au travail ou ailleurs, il était vite remis à sa place par son entourage. Il était donc obligé de se contrôler constamment pour ne pas risquer la mornifle.

Puis Internet est arrivé. D'un coup d'un seul, le connard s'est retrouvé face à un espace d'expression à la fois anonyme (pour qu'il puisse insulter son prochain) et spectaculaire (pour qu'il puisse se photographier torse nu), le tout sans effort ni sanction. Le réseau des réseaux lui a également laissé croire qu'il pouvait devenir un expert sur tout grâce à quelques vidéos YouTube et lui a permis de s'agréger à d'autres imbéciles. Enfin, les algorithmes de recommandation l'ont mis en contact avec des connards encore plus nuisibles que lui et dont il n'aurait jamais croisé le chemin seul. Bref, Internet s'est rapidement imposé comme une immense réserve naturelle de connards, lieu à la fois sauvage et protégé où s'ébattent en liberté les plus beaux spécimens, sous les yeux ébahis du naturaliste. Mais approchons-nous un peu et observons-en un de plus près.

Troll

« Confortablement installé derrière son écran, Bogoss12 va pouvoir se laisser aller à ses pulsions narcissiques, ses instincts dominateurs et ses fantasmes complotistes. Depuis son clavier, il peut enfin accomplir son rêve : être quelqu'un d'autre, plus puissant, plus intelligent, plus autoritaire ; quelqu'un qui a presque tous les droits ; celui de se mettre en colère à tout propos, celui d'insulter, d'avilir, de brutaliser, de harceler, d'être sexiste, raciste, homophobe et de chasser en meute. Et tout cela sans risque : le rêve ! Il lui est désormais possible de se défouler, de s'en prendre à une minorité pour excuser ses propres insuffisances, de participer à des chasses à l'homme (et surtout à la « sale pute »), de lancer des appels au meurtre, et plus généralement de raconter tout ce qui lui passe par la tête, quitte à créer de faux profils afin de laisser à son « double maléfique » si longtemps réprimé tout loisir de s'exprimer.

Il faut dire que la vie réelle de Bogoss12 n'a pas toujours été facile. Affligé de capacités intellectuelles modérées et d'un physique inattendu, il est néanmoins parvenu à tirer son épingle du jeu dans la terrible compétition qu'est la vie : pour seulement 19,90 € par mois, il est devenu un grand fauve numérique, un prédateur redouté jusque sur les sites de fans de licornes qu'il met à feu et à sang. »

E– l'était une fois

Rappelons-nous : lorsque les premiers forums de discussion, blogs et espaces de commentaires sont arrivés, le e-connard ne se sentait pas encore tout-puissant. Puis, timidement, il a ouvert ses ailes. Il a commencé à agresser son prochain, doucement, à demi-mots. À sa grande surprise, nul n'est venu lui souffler dans le nez. Il s'est donc enhardi puis a poursuivi avec entrain, partout où c'était possible : le troll était né. Les sites qui avaient eu la fausse bonne idée d'ouvrir des espaces de commentaires ont été contraints d'embaucher dare-dare des modérateurs pour tenter d'endiguer le flot croissant de ses déjections verbales. Las, le déferlement d'insultes et d'interventions débiles était tel que nombre d'entre eux durent se résoudre à fermer définitivement ces espaces de liberté. Aussi, lorsque les premiers réseaux sociaux sont nés, il était déjà prêt pour entrer dans une autre dimension. Il a alors pris son élan, s'est associé à d'autres malfaisants et, lorsque le débit de sa connexion est devenu suffisant pour visionner ou poster des vidéos complotistes en direct, il a pris son envol. Porté par les alizés de la bêtise, il a rapidement atteint sa vitesse de croisière. Il pourrit aujourd'hui l'ensemble de la société et ses violences débordent largement jusqu'au monde réel.

Connardologie

En fait, lorsqu'on analyse l'impact d'Internet sur notre société, on peut se demander si le réseau des réseaux n'aurait pas été spécifiquement conçu à l'intention du connard tant ils semblent adaptés l'un à l'autre. Narcissisme, marketing de soi, course au like, violence des échanges, polarisation des débats, bulles de filtre et atomisation de l'attention, l'enconnardisation du monde par le numérique n'a pas été un hasard mais le fruit de stratégies délibérées. Nul complot connardier là-dessous, Internet a juste été mis en coupe réglée par une clique de gourous « disruptifs » vendeurs « d'attention » et d'espaces publicitaires (Google, Facebook, Instagram, Twitter, TikTok et les autres). Pour augmenter sans cesse leurs profits, ces jeunes « humanistes » de la Silicon Valley ont voulu que nous devenions les plus connards possible et ils y sont largement parvenus. Pour cela, ils ont inventé une nouvelle discipline, la captologie : l'art de capter l'attention et d'utiliser les technologies numériques comme outil de persuasion des individus. Les GAFAM et les réseaux sociaux ont donc choyé, favorisé et encouragé le connard, tout simplement parce que, pour gagner plus d'argent à court terme, il vaut toujours mieux flatter la connardise et les biais cognitifs[1] des gens que leur intelligence.

1. Voir Éric La Blanche, *Pourquoi votre cerveau n'en fait qu'à sa tête*, First, 2020.

Double maléfique

« Le chroniqueur M. Meklat rattrapé par ses tweets haineux. Des propos homophobes, antisémites, misogynes et injurieux tenus sous pseudonyme par l'ex-chroniqueur du Bondy Blog ont été exhumés et largement repris.

« L'affaire alimente la polémique depuis quatre jours. Durant le week-end, Medhi Meklat, 24 ans, ex-chroniqueur du Bondy Blog (site créé en 2005 lors des émeutes dans les banlieues) et de France Inter, a été rattrapé par son double virtuel, Marcelin Deschamps, qu'il avait pourtant enterré il y a quelques mois. Sur Twitter, le jeune homme avait repris son identité réelle, mais sans effacer les "propos ignobles" de son "personnage de fiction maléfique", "à l'opposé de ce que je suis", comme il l'explique dans une lettre d'excuses publiée sur Facebook, lundi 20 février. "Faites entrer Hitler pour tuer les juifs" (24 février 2012) ; "Je crache des glaires sur la sale gueule de Charb et tous ceux de *Charlie Hebdo*" (30 décembre 2012) ; "Vive les PD Vive le Sida avec Hollande" (3 décembre 2013)…[1] »

Silly-con

Le connard a donc été, de fait, au centre de toutes les réunions marketing des start-up de l'économie de l'attention. Il a toujours été la cible numéro un des réseaux sociaux. Il n'est jamais nommé, bien sûr, mais c'est bien de lui qu'il s'agit. Il est l'objet de toutes

1. Louise Couvelaire, « Le chroniqueur Mehdi Meklat rattrapé par ses tweets haineux », *Le Monde*, 21 février 2017.

les attentions, de toutes les innovations et, bien sûr, de toutes les manipulations. Il faut en permanence l'attirer, le séduire, le capter, le stimuler et le retenir parce qu'il constitue un excellent client – peut-être le meilleur – et en tout cas une victime idéale pour les réseaux sociaux. C'est à lui qu'il est le plus facile de refourguer de l'agressivité gratuite, de la pseudo-notoriété, de l'illusion de puissance, de la fausse respectabilité, du succédané de succès et de l'autorité factice. Chez lui, il n'y a pas besoin de créer la demande. Il est déjà naturellement prêt à se photographier à côté d'un plat de lasagnes. Une fois lancé, il va bosser gratuitement pour le réseau qui l'héberge et lui faire une pub d'enfer (c'est le mot) en essayant de s'en faire à lui-même. Quant à son « double maléfique », le troll, en lançant des anathèmes, en faisant scandale, en soufflant sur les braises et en insultant les gens, il va polariser (pour ou contre ?) les débats et pousser les internautes à intervenir. En somme, il va faire exactement ce que le réseau attend de chacun : générer gratuitement du trafic. Et ça marche : c'est du troll que se sont inspirés tous les éditocrates connards qui pullulent depuis quelques années sur les chaînes de télévision privées à travers le monde : la provocation et la polarisation génèrent de l'Audimat.

Menu best of

Comme le marché du connard n'était pas suffisant pour l'appétit des marchands d'attention, la deuxième phase des start-up de l'Internet a logiquement consisté à élargir la cible en flattant chez les gens normaux des défauts habituellement réservés au connard. Pour cela, il suffisait de déplacer progressivement, grâce une communication massive et adaptée, le curseur de ce qu'on appelle la mesure, afin que des choses qui eussent paru complètement stupides et vulgaires quelque temps auparavant apparaissent désormais comme parfaitement normales. Ainsi, quelques années seulement ont suffi pour que des individus autrefois sains d'esprit se retrouvent à acquérir des perches à selfie et partager sur le Net toutes sortes d'horreurs nombriliennes, de l'autoportrait en « face de canard » aux citations zen nigaudes sur fond de coucher de soleil, des photos de beuverie aux clichés de leur appareil urogénital externe, le tout dans une ambiance de procès de Nuremberg généralisé. Chacun a été poussé par « la magie des réseaux sociaux » à faire bénéficier le monde de la version la plus connarde de lui-même. L'ambiance, d'abord sur le Net puis dans la vie réelle, s'est rapidement dégradée.

Connardophone

Les scientifiques qui étudient les effets de l'apparition du smartphone (*smart* veut dire intelligent en anglais) et des réseaux sociaux sur la sociabilité des adolescents aux États-Unis d'Amérique[1] notent qu'il a changé radicalement tous les aspects de leur vie, de la nature de leurs interactions sociales à leur santé mentale. La génération smartphone socialise *très* nettement moins dans la vie réelle que celles qui l'ont précédée : les lieux habituels de rencontre physique (terrains de sport, parcs, centres commerciaux) ont tous été remplacés par

1. Jean M. Twenge, « Have Smartphones Destroyed a Generation ? », *The Atlantic*, septembre 2017. Voir aussi Jean M. Twenge, *Génération Internet. Comment les écrans rendent nos ados immatures et déprimés*, Mardaga, 2018.

des espaces virtuels. L'autrice de cette métaanalyse[1], la psychologue Jean M. Twenge, tire la sonnette d'alarme : « Les taux de dépression et de suicide chez les adolescents ont grimpé en flèche depuis 2011. Il n'est pas exagéré de dire que l'iGen [la génération smartphone, ndlr] est au bord de la pire crise de santé mentale depuis des décennies. Une grande partie de cette détérioration peut être attribuée à leurs téléphones. » Cette étude ne dit pas non plus quelle place exacte le connard tient dans cette détérioration, mais il nous paraît évident qu'il en possède aussi une grande part. Ce qui est sûr, c'est qu'une invention qui tient dans la poche, que chaque Terrien utilise en moyenne plus de trois heures vingt par jour et qui promeut en permanence des interactions connardisantes et désocialisantes ne peut pas *ne pas* avoir d'effets délétères sur le fonctionnement du cerveau et, partant, sur la société tout entière. Malgré les services qu'il rend, il ne mérite sans doute pas son nom de téléphone intelligent (smartphone). Connardophone conviendrait sans doute mieux.

Coup de bulle

Parmi les nombreuses choses qui poussent l'utilisateur d'Internet à être de plus en plus un connard, le phénomène de la *bulle de filtres* tient une place particulière. Elle désigne à la fois le tri de l'information effectué par les algorithmes, et l'état de relatif isolement intellectuel et culturel dans lequel il se retrouve quand les informations qu'il recherche résultent exclusivement de ce filtrage. Cette bulle de filtres existe d'abord parce que la plupart des gens préfèrent qu'on leur dise qu'ils ont raison : nous avons

1. Une étude d'étude.

tendance à privilégier l'avis des gens qui sont du même avis que nous ! Elle s'appuie également sur le fait que les gentils algorithmes qui nous suggèrent de cliquer ici ou là sur les réseaux sociaux ont été programmés pour nous orienter vers des choses que nous aimons ou des idées que nous partageons *déjà*. Le résultat, c'est que la grande fenêtre ouverte sur la découverte du monde qu'auraient pu être les réseaux sociaux n'est plus qu'un trompe-l'œil où nos opinions se reflètent à l'infini. Ainsi, au lieu de nous amener à plus d'ouverture, de tolérance et d'autocritique, nous nous renforçons dans nos convictions. Et si nous avons des tendances à la connardise, nous nous changeons rapidement en super connards sous les encouragements de tous les imbéciles qui nous ressemblent et nous disent que nous avons bien raison de l'être.

Esprits supérieurs

« Le complot [...] vous donne l'impression de comprendre le monde dans toute sa complexité. C'est très flatteur pour l'ego ! », atteste Sébastien Carassou, ancien complotiste, devenu docteur en astrophysique et auteur de la chaîne YouTube « Le Sense of Wonder ». Ce discours donne aussi une impression de surplomb. « J'ai une vision globale des choses, je ne suis pas le petit ver de terre, je suis l'aigle », s'autocongratulait, en septembre, la médecin généraliste antimasques Eve Engerer, dans un reportage de BFMTV. Un sentiment dont se rappelle bien Sylvain Cavalier [également ancien adepte du complotisme, ndlr] : « J'avais l'impression d'avoir accédé à des

informations auxquelles tout le monde n'avait pas accès, que les autres moutons ne pouvaient pas s'élever à ces connaissances-là. Je faisais partie des esprits supérieurs. »
William Audureau, « "Je faisais partie des esprits supérieurs" : pourquoi le complotisme séduit autant », *Le Monde*, 18 janvier 2021.

Con-plot

En permettant à des gens qui pensent tous la même chose de se retrouver, les algorithmes favorisent également le complotisme. Ce type de discours particulier propose des causes simples et restreintes (souvent une mystérieuse conspiration secrète) pour expliquer le déroulement de l'actualité au lieu d'étudier la démarche historique, multicausale et ouverte aux hypothèses qui est trop fatigante.

Le complotiste moyen est-il un connard ? Nous aurions tendance à alléguer que oui, et cela pour plusieurs raisons : la première est que le complotiste se prend souvent pour une personne spéciale : contrairement aux autres, il a pris la « pilule rouge[1] », il n'est plus dupe des « mensonges » que les « merdias » relaient à longueur de journée : il s'est « éveillé ». Cette qualité, qui le sépare du commun des mortels, va l'autoriser – croit-il – à ne plus s'informer qu'à travers les médias « amis » et à s'affranchir des règles communes de la

1. Les termes « pilule rouge » et « pilule bleue » font référence à une scène du film *Matrix* dans lequel le héros a le choix entre la volonté d'apprendre une vérité potentiellement dérangeante ou qui peut changer la vie, en prenant la pilule rouge, et celui de rester dans une ignorance satisfaisante en prenant la pilule bleue.

méthode scientifique et de l'intelligence. Tel Gribouille qui se jette dans la rivière pour échapper à la pluie, le complotiste s'enfonce dans l'hallucination pour échapper au mensonge et dans la bêtise pour échapper au doute. Dommage, car c'est précisément ce qui le protégeait de la connardise.

La vérité si je mens

Pour se rapprocher de « la vérité », le complotiste va peu à peu limiter ses sources d'information (au lieu de les multiplier), ne plus rien vérifier (au lieu d'être encore plus exigeant) et dire bien plus de conneries qu'avant (au lieu de s'exercer au doute méthodique). Virant sectaire, il va ensuite s'immuniser totalement contre les arguments des autres – ce qui est aussi un signe avéré de connardise. Qui a déjà essayé de faire douter un complotiste sait qu'il est plus facile de parler de surf avec une boule de pétanque. Pour finir, l'adepte des théories du complot se comporte généralement de façon déplacée – et c'est une troisième caractéristique du connard – dans la mesure où il accuse évidemment les auteurs supposés du complot d'être responsables de tous les malheurs du monde avec un niveau de preuve digne des grandes enquêtes de *Pif Gadget*.

Tout défaut de socialisation, d'éducation ou d'intelligence, qu'il soit dû aux réseaux sociaux, à des carences éducatives ou à l'influence néfaste des écrans, entraîne mécaniquement une augmentation du TMC[1] (taux marginal de connardise). Cadré et bien entouré, le connard peut au contraire redevenir un citoyen aimable et pleinement collaboratif, pour peu que quelqu'un

1. Rapport entre le nombre total de connards d'une population et cette population.

se dévoue pour lui réindiquer les limites quand il commence à ne plus les voir. Une socialisation attentive et bienveillante constitue donc un antidote efficace car le connard est, à sa façon, un handicapé social ; fragile, il doit être accompagné et protégé.

Ou alors des tartes (il y a deux écoles).

Influence du culte de la performance

Comment devenir le connard de soi-même

Stagiaire à la City, à 21 ans, il est mort d'avoir trop travaillé

« Moritz Erhardt, en stage dans une banque londonienne, est décédé après avoir travaillé 72 heures d'affilée. Un rythme habituel chez ces jeunes loups de la finance. [...]

« "Les jeunes qui se lancent dans la 'fusac' [fusion-acquisition, ndlr] ou le trading savent à quoi s'attendre. Les plus fortes rémunérations sont ici. Ils sont prêts à tout sacrifier pour leur bonus, et seuls les plus agressifs peuvent survivre. S'ils sont des victimes, alors ce sont des victimes consentantes !", estime placidement un analyste de Merrill Lynch, sous couvert d'anonymat. [...]

« Ne jamais avouer une faiblesse, telle est la devise des loups du marché. "Ce stagiaire n'était pas assez armé pour le job. Il a voulu jouer, il a perdu", en a rapidement conclu la City peu encline à l'autocritique[1]. »

Punition

Le connard, on l'a vu, peut être défini comme une personne qui a du mal à respecter les limites, dont celles que lui imposent le savoir-vivre et le respect d'autrui.

1. Marie Lemonnier, « Stagiaire à la City, à 21 ans, il est mort d'avoir trop travaillé », *Le Nouvel Observateur*, 30 avril 2014.

Mais comment qualifier une personne qui se maltraite et ne respecte pas ses *propres* limites ? Ou, pour le dire plus simplement, peut-on être le connard de soi-même ? En effet, s'imposer des comportements hors limites et des excès en tout genre, qu'ils soient sportifs, professionnels, festifs, sexuels ou alimentaires, n'est-il pas une façon de se comporter « de façon déplaisante ou déplacée, par manque d'intelligence ou de scrupules » vis-à-vis de sa propre personne ? Que penser du salarié qui, par ambition personnelle ou excès de zèle, se tue littéralement au travail ? Comment qualifier le fêtard qui se ruine la santé avec des abus de substances diverses ? Que dire du sportif qui s'impose volontairement de graves traumatismes musculo-squelettiques ou de l'amateur de sensations fortes qui risque sa vie pour une décharge supplémentaire d'adrénaline ? Au premier abord, il peut sembler surprenant de traiter de connard une personne qui se maltraite elle-même, le connard ayant plutôt pour habitude de maltraiter les autres. La contradiction n'est pourtant qu'apparente – ça ne se compare pas, ça s'additionne – et l'on peut fort bien faire les deux en même temps !

À la limite

Dépasser ses limites est une expression toute faite, une tournure qu'on emploie sans véritablement y réfléchir. Au sens strict, « dépasser ses limites » est pourtant une expression abusive : si on peut les dépasser, c'est qu'elles n'en étaient pas ! Pour être tout à fait exact, on devrait donc plutôt dire : *repousser ses limites*. Par ailleurs, il y a une différence entre les limites imaginaires que nous nous fixons nous-mêmes et les limites de notre corps, bien réelles. Il ne faut pas confondre les deux. Comme leur nom l'indique, nos limites corporelles appartiennent au monde de la physique. Dans ce monde-là, les limites ne se dépassent pas sinon les choses rompent ou se déforment. Les os cassent, le cœur lâche et les tendons se déchirent. L'esprit craque. Malgré l'entraînement, au-delà d'un certain niveau de maltraitance et d'irrespect, l'être humain se blesse ou meurt. Le fait de confondre limites réelles et limites imaginaires est sans doute l'une des explications à l'épidémie d'activités kamikazes de ces dernières années. Si le fait que certaines personnes se ruinent la santé au travail, dans l'abus de substances ou par des comportements à risques – souvent les trois – n'est aucunement une nouveauté, il est en revanche beaucoup plus curieux que d'autres fassent de même à travers des activités sportives qui sont censées leur procurer une meilleure santé.

Ultra violent

« Tu vas pisser du sang. Tu vas en chier. Tu vas souiller ton froc. Tu vas toucher le fond un nombre incalculable de fois. Tu vas voir 36 chandelles en éclatant l'ampoule de ton gros orteil sur un caillou pointu. Tu vas parler aux arbres [...]. Tu vas engloutir des litres de Coca. Tu vas rêver de bouillon de légumes et de pastilles de sel. [...] Tu vas tomber la tête la première dans une allée forestière toute plate en t'éclatant une rotule déjà mal en point. Tu vas bouffer des tonnes de chips. Tu vas les gerber. Tu vas abandonner, le cœur et le corps brisés... et une demi-heure ou trois semaines après ta dernière agonie, tu chercheras une nouvelle course. Comment peut-on être aussi con[1] ? »

---

1. Clare Gallagher, coureuse américaine d'ultra-trail (80 km minimum), in Jean-Philippe Lefief, *Trail*, Paulsen, 2019.

Total respect

Le meilleur conseil santé qu'on puisse donner à une personne soucieuse de bien-être serait au contraire de ne *jamais* dépasser les limites, au risque de s'occasionner, outre des douleurs invraisemblables, des traumatismes irréversibles – sans parler d'y laisser sa peau. Les limites, ça ne se dépasse pas : ça se respecte ! La première personne à laquelle nous devons attention et respect, c'est nous. La politesse que chacun se doit à lui-même n'est pas de l'égoïsme. Mais l'idéologie de la compétition et de la performance que notre système économique nous impose a colonisé notre vocabulaire et jusqu'à nos activités récréatives ; elle nous enconnardise jusque dans notre rapport à notre corps, lorsque nous chaussons nos souliers de sport. Car il en va de la compétition sportive comme de la guerre économique et des rapports avec notre environnement : la valeur suprême, ce ne devrait pas être de dépasser les limites, toujours et quelles qu'elles soient, d'écraser ses rivaux, de mépriser la fatigue et de vaincre la Nature, en commençant par la sienne. Des études récentes montrent que le syndrome de surentraînement qui touche de nombreux sportifs de haut niveau s'apparente sur le plan clinique au burn-out qui frappe les professionnels de divers milieux[1]. Ces deux pathologies sont les conséquences plus ou moins directes de notre idéologie du toujours plus. Elles sont toutes deux liées au refus de respecter certaines bornes et valident en cela la définition donnée en début de livre : elles sont le fait d'individus qui « se croient tout permis » ou qui, influencés par l'esprit du temps, deviennent des connards pour eux-mêmes. Ce goût de

1. Ce surentraînement agirait de manière similaire sur le cortex préfrontal latéral, qu'il soit dû au sport ou au travail.

la démesure – ou cette haine de la mesure, au choix – que nous vantent en permanence les porte-parole du système brise les cœurs, méprise les corps et broie les esprits. Il fait de nous des êtres irrespectueux et, malgré nous, des autoconnards.

Plus vite, plus haut, plus mort

Nous ne terminerons pas cette partie sans évoquer le cas d'une sorte de connard suprême, celui de l'athlète qui réussit la double performance d'être à la fois un connard pour lui-même et pleinement un connard pour les autres : l'athlète qui se dope. Le sportif dopé est à la fois un autoconnard qui met sa santé en danger en prenant des produits pas franchement inoffensifs, et un tricheur qui ne respecte pas les règles communes dans le but d'obtenir des avantages indus, en l'occurrence, la victoire. Le dopé constitue donc une sorte de super spécimen, un connard emblématique qui symbolise parfaitement les maux de notre civilisation.

Connards drogués

« Dans une interview donnée au *Sunday Times* et relayée par *The Independant*, le neuropsychopharmacologue David Nutt explique le plus sérieusement du monde que la cocaïne a certainement joué un rôle important dans l'effondrement financier de 2008.

« Le spécialiste des substances psychotropes et enseignant à l'Imperial College est formel : "L'abus de la drogue a mené à la catastrophe financière." Plus que la substance elle-même, c'est l'état d'excitation et de confiance extrême des banquiers cocaïnés qu'il soupçonne d'avoir amplifié les excès financiers.

"Leur culture de l'excitation, d'aller toujours plus loin, plus loin, plus loin… nous a menés dans ce terrible bordel", explique le médecin, soutenu dans ce propos par un éditorialiste du *Guardian*, Geraint Anderson. [...] Se rappelant quelques rencontres et expériences personnelles dans le monde de la finance, celui-ci estime que seuls "des bouffons cocaïnomanes ravagés pourraient acheter des milliards de dollars de valeurs vouées à exploser à la minute où le boom immobilier allait s'arrêter[1]". »

Faire parler la poudre

Le trader qui sniffe de la cocaïne pour améliorer ses performances ou l'employée qui boit en cachette pour supporter les remarques sexistes de son chef ne sont-ils pas, eux aussi, de vilains tricheurs ? Trêve de plaisanteries : ces questions seraient peut-être drôles si elles n'étaient pas tragiques. En milieu professionnel, le dopage n'est pas interdit (quand il n'est pas carrément encouragé) et il est souvent une réponse à court terme des travailleurs aux souffrances professionnelles et aux pressions infligées par les connards qui les dirigent. Le dopage et la recherche inconsidérée de la performance causent de graves dommages, détruisent des existences et contribuent à étendre le domaine de la connardise chaque jour un peu plus loin, au-delà des limites, précisément là où les choses craquent, rompent puis s'effondrent, entraînant avec elles des millions de destins. Le dopage professionnel abîme en premier lieu le corps et l'esprit

1. Tiré de https://www.bfmtv.com/international/europe/angleterre/la-crise-financiere-de-2008-provoquee-par-l-abus-de-cocaine_AN-201304170030.html

de ceux qui s'y adonnent, mais il a également des effets secondaires, des externalités, supportées cette fois par l'ensemble de la société.

Je est un autre

Le fait d'être un connard pour soi-même pose un problème complexe. Revient la sempiternelle question philosophique qui traverse l'ensemble de ce livre : dans quelle mesure le connard est-il responsable de sa connardise ? En d'autres termes, choisit-on vraiment d'en être un ? Cette question se pose avec encore plus de pertinence dans le cas particulier du connard-pour-lui-même, celui qui ne fait de mal à personne d'autre que lui. Est-il pour autant autorisé à se maltraiter lui-même ? Le respect des autres ne commence-t-il pas par le respect de soi-même ? Nous ne résoudrons pas ici ces vertigineuses questions (ce n'est pas l'objet de ce livre) mais l'on peut sans doute avancer sans prendre trop de risques que le respect de soi-même et celui qu'on doit aux autres sont fondés sur le même principe. Et que ce sont les mêmes injonctions à la compétition, à la réussite et à la performance, liées à la culture du connard, qui nous poussent à maltraiter les autres comme nous nous maltraitons nous-mêmes. Bref, nous sommes tous les produits d'une culture qui nous pousse à être des autoconnards. Nous en sommes à la fois les victimes et les acteurs et si, d'un coup de baguette magique, on remplaçait cette folie par une civilisation du respect, de l'équilibre, de l'économie et de l'harmonie, nombreux sont ceux qui se devraient des excuses à eux-mêmes.

Partie VI : La lutte contre le connard

Un effort permanent d'éducation aux questions de salubrité civile

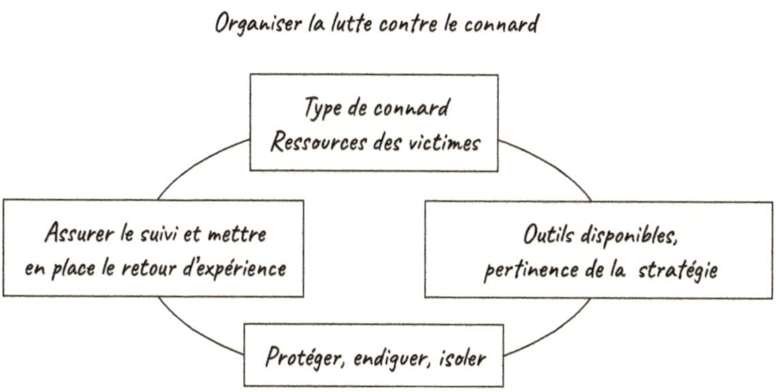

Cas pratique

Le téléphone pleure

Avachi dans un train, un homme parle très fort dans son téléphone. À cette époque, les appareils mobiles sont encore rares et constituent une curiosité. L'homme dérange tout le monde mais, comme ce type de comportement est nouveau, personne ne sait trop comment réagir. L'homme continue donc à faire profiter le wagon de sa conversation lorsque, soudain, une vieille dame fait un malaise. Le contrôleur intervient et un jeune passager suggère que l'on utilise l'appareil mobile du monsieur pour convoquer les secours au prochain arrêt. Le propriétaire du téléphone refuse alors de confier son précieux appareil à quiconque. Il exclut également de l'utiliser pour appeler les secours puis tente d'expliquer qu'il est déchargé et que, de toute façon, il a le droit de refuser parce qu'on « est en démocratie » et « qu'il fait ce qu'il veut de sa propriété privée ». Excédé, le jeune passager lui subtilise alors l'appareil avant de découvrir, éberlué, le pot aux roses. Le téléphone est bien incapable de passer le moindre appel : c'est un jouet, c'est un faux !

Heureusement, la vieille dame n'a rien eu.

L'armée contre le connard

La discipline, outil historique de déconnardisation

« Parce que je suis dur, tu ne m'aimeras pas. Mais plus tu me détesteras, plus tu apprendras. Je suis dur mais je suis juste. J'ai n'ai rien contre les négros, ritals, youpins ou métèques. Ici vous n'êtes tous que des vrais connards. »

Sergent Hartman, instructeur, dans *Full Metal Jacket*, film de Stanley Kubrick.

Esprit de corps

Les forces armées ne jouissent pas toujours d'une réputation à la hauteur de leur inventivité en ce qui concerne la gestion des ressources humaines. Pourtant, s'il y a bien un hommage à leur rendre, c'est que tout ce qu'elles ont mis en place en matière de contrôle du petit personnel depuis au moins quatre mille ans consiste, de fait, à éliminer la connardise de leurs rangs. La raison en est simple : le connard est l'ennemi de l'efficacité collective. Qu'on y songe un peu : l'uniforme, le matricule, la marche au pas, la hiérarchie, le salut – en somme, la discipline –, tout ne vise qu'à une seule et même chose : détruire le connard à l'intérieur de l'homme (quitte à le transformer en machine, mais là n'est pas le débat). Ce n'est pas très amusant (ni forcément enrichissant sur le plan du développement personnel) mais l'ennemi en face ne brille pas non plus par son sens de l'humour. Le soldat devra faire fi de son instinct de survie et ne pas s'enfuir, même – et surtout – lorsqu'il entend dans nos campagnes mugir de féroces soldats. Pour accomplir ce miracle, la discipline ne suffit d'ailleurs pas ; l'armée sait parfaitement comment éveiller et exalter le sentiment de camaraderie qui poussera chaque soldat à rester solidaire de son groupe et à le défendre au péril de sa vie – car la solidarité de groupe est une qualité innée chez l'humain. Tous ceux qui ont combattu savent que, aux moments cruciaux, ce n'est pas pour des idéaux abstraits que les soldats se battent, mais pour défendre leurs camarades.

Gaaaaaaardàvous

Depuis que les militaires existent, ils savent aussi que déconnardiser un troupeau de jeunes mâles pas forcément très futés pour en faire des soldats à la fois dociles et agressifs n'est pas une sinécure. Alors, pour simplifier la tâche aux instructeurs et rappeler en permanence aux nouvelles recrues leur condition de chair à canon, l'armée a inventé tout un tas de moyens mnémotechniques efficaces. D'abord on munit le jeune soldat d'un uniforme, d'un matricule, d'une coupe de cheveux basique mais gratuite et on lui apprend à marcher au pas. Ainsi, il saisit qu'il n'est qu'un rouage de la machine, parfaitement identique aux autres. Ensuite, on lui apprend à reconnaître les galons pour qu'il sache en permanence devant qui il doit fermer sa gueule, à qui il doit obéir et quel est son rang dans la hiérarchie. On l'oblige enfin à se mettre au garde-à-vous devant chaque supérieur qui passe afin qu'il se rappelle bien que la première qualité du soldat, c'est de s'écraser. À l'armée, tout est fait pour que le soldat devienne un anticonnard, qu'il reste toujours à sa place et ne sorte jamais du rang, quoi qu'il arrive. Ainsi, lorsque la bataille fera rage, il ne se croira pas « tout permis » et ne s'enfuira pas : il restera pour défendre ses camarades, sa section, son groupe, sa tribu. Il demeurera collaboratif. Rompez !

Les vertus de l'éducation

Préconisations éducatives stratégiques en vue du retour progressif de la connardise à un niveau résiduel

Cultures de la honte

« Nous naissons tous connards, quelques-uns le demeurent », pourrait-on dire en paraphrasant Samuel Beckett. Chaque enfant humain exprime à la fois des tendances altruistes et égoïstes. L'éducation consiste à lui apprendre à modérer et contrôler l'ensemble de ces tendances, surtout celles qui risquent de blesser quelqu'un et de l'exclure du groupe. Ce qui « produit » le connard, ce sont donc les lacunes de son éducation (ou de son intelligence), qui l'empêchent de surseoir à ses réflexes égoïstes et de respecter les règles communes du savoir-vivre. Quant aux variations dans l'éducation, elles dépendent bien sûr de la culture dont elles sont issues. C'est pourquoi le TMC subit de fortes variations d'un pays à l'autre : certains peuples sont impitoyables à l'égard du connard, d'autres plutôt laxistes. Certains l'ont identifié comme la source de tous les maux et voient en lui, au mieux un parasite social et au pire, un prédélinquant. D'autres n'ont pas encore effectué ce travail de catégorisation sociale et considèrent encore la figure du connard comme celle d'un mariole parfois pénible mais pittoresque et débrouillard. Dans ces régions, un peu de roublardise n'est pas vue comme un virus dangereux mais comme une marque de caractère et d'insoumission. Une tolérance qui finit par transformer l'ensemble de l'organisation sociale en un vaste panier percé, bordel rarement joyeux où règnent crabes, magouilles, corruption, gaspillage et intimidations.

Mauvais souvenirs

À l'inverse, certains peuples premiers semblent avoir conçu de véritables systèmes anticonnard. Des anthropologues comme Pierre Clastres (1934-1977)[1], qui ont étudié les structures de pouvoir chez certains de ces peuples, avancent qu'elles témoignent d'une profonde aversion envers tout ce qui pourrait ressembler de près ou de loin au connard. Comme si ces sociétés avaient déjà eu à le subir par le passé et que, traumatisées par son passage, elles avaient décidé de ne plus lui laisser aucune chance de les emmouscailler à nouveau. Ainsi, chez de nombreux peuples premiers à travers le monde, les usages interdisent à quiconque de se mettre en avant, les chefs n'ont aucun pouvoir réel et chacun fait à peu près ce qui lui plaît à condition de ne pas nuire aux autres. Quant au premier qui la ramène un peu trop, il se fait immédiatement tailler un costard par l'ensemble de la tribu. Certaines cultures est-asiatiques, en Chine ou au Japon, enseignent également très tôt à leurs enfants à s'autonomiser et à avoir honte de se comporter comme des connards vis-à-vis du collectif, raison pour laquelle certains anthropologues les ont nommées « cultures de la honte », ce qui n'est pas très… invitant. Par exemple,

---

1. Dans *La Société contre l'État*, Pierre Clastres avance que les sociétés premières ne sont pas des sociétés qui n'auraient *pas encore* découvert le pouvoir et l'État, mais au contraire des sociétés organisées pour éviter que l'État apparaisse. Voir également David Graeber et David Wengrow, *Au commencement était… Une nouvelle histoire de l'humanité*, Les liens qui libèrent, 2021.

le *Mimamoru* (enseigner en regardant, en japonais) est une stratégie éducative dans laquelle les éducateurs se retiennent d'intervenir – même lorsque deux enfants se battent –, afin que ceux-ci apprennent à résoudre eux-mêmes leurs conflits sous les yeux du groupe. Quel que soit le nom qu'on leur donne, il est en tout cas évident que ces cultures luttent plus fermement contre les malpolis et en fabriquent moins en moyenne que la plupart des autres sociétés à travers le monde.

Moustache

À l'inverse, nombreux sont les pays où les interdits culturels sont nettement plus tolérants et où les éducateurs (famille, école, voisins, etc.) ne rechignent pas à laisser une certaine dose de connardise virile imprégner l'éducation des garçons (les filles sont rarement concernées). Aux USA, patrie d'Ayn Rand (voir Partie IV, le chapitre « Influence du capitalisme »), de Donald Trump, de Picsou et de J. R. Ewing (le cupide « héros » de la série Dallas), le connard n'est pas illégitime, pourvu qu'il gagne de l'argent. Alors forcément, cela crée des vocations. Dans la plupart des pays où le machisme résiste (et où, souvent, la moustache est restée à la mode), la tolérance à l'égard de la connardise est plus élevée, pourvu qu'elle soit virile et protectrice. Quant à la France, pays à cheval entre le sud et le nord de l'Europe, elle entretient un rapport plutôt ambigu avec le personnage qui est à la fois conspué et toléré – voire admiré. Comme souvent au pays de Descartes et de Pétain, l'intransigeance des discours est une chose et la réalité une autre. La coutume nationale en la matière est que le connard est absolument insupportable sauf :

1 • si c'est moi (ou un de mes proches),

2 • s'il a du panache (= de l'allure, pas la boisson gazeuse).

Différences culturelles

« Pourquoi une telle indulgence ? Alors que Bernard Tapie, 78 ans, vient de décéder, c'est la question qui s'impose. Quel que soit le chapitre de ses multiples vies sur lequel on s'attarde, le business, le sport, la politique, le nom de Bernard Tapie est associé à celui d'affaires, au pluriel, de procès, de lignes jaunes franchies sans scrupules, d'arrangements avec la vérité, de coups tordus ou d'argent pas propre. Et pourtant, de Marseille, sa ville de cœur qui le lui rend bien, à Paris, en passant au hasard par Valenciennes, Bernard Tapie aura réussi tout au long de sa vie à bénéficier d'une étonnante mansuétude. De celle que l'on accorde à un beau gosse insupportable mais trop attachant pour s'attirer les foudres. »

Paul Quinio, « Bernard Tapie et l'étonnante mansuétude française », *Libération*, 3 octobre 2021.

Fayots !

À l'inverse, comme nous l'avons évoqué au tout début de ce livre, une poignée de nations, toujours les mêmes, caracolent systématiquement en tête des classements mondiaux quant au bonheur, au faible niveau de corruption, à la richesse nationale, au développement, à l'égalité[1]. Ces premiers de la classe sont sympas, discrets, modestes, travailleurs, pacifiques, solidaires, modérés, bref, carrément agaçants lorsqu'on les compare à la bande de connards arrogants qui dirigent le monde. Dans l'ordre, en 2021, ces nations modèles se nomment

1. Du « World Happiness Report », de l'indice de corruption, de l'indice de développement humain, de l'indice de pauvreté, etc.

Finlande, Danemark, Suisse, Islande, Pays-Bas, Norvège, Suède... Ce n'est certainement pas un hasard si ces pays sont également parmi les plus prospères relativement au nombre de leurs habitants (on mettra de côté les dictatures pétrolières) : ce sont également ceux qui savent le mieux réduire les coûts induits par le connard. Ces heureuses contrées ont développé une sorte de système immunitaire culturel particulièrement efficace : il limite grandement les capacités de nuisance de celui-ci. Ce n'est peut-être pas un hasard non plus si ces pays sont tous, sans exception, de tradition protestante. Peut-être est-ce lié au fait que le protestantisme, né en réaction aux excès connardiers du catholicisme de la fin du Moyen Âge, possède plus de défenses contre le virus ? Contre qui les protestants protestaient-ils, si ce n'était contre la figure même du connard qui, après plus de mille ans d'efforts, avait réussi à faire du sobre christianisme originel une vaste plaisanterie commerciale monnayant ses indulgences[1] ?

Protestataires

Alors, bien sûr, le protestantisme nord-européen n'est pas un culte particulièrement festif et ses fondateurs, rappelons-le, étaient loin d'être des humanistes sympas. Ils étaient tout aussi fanatiques, misogynes et antisémites que les autres, mais leur rigoureuse austérité (et leur soutien à l'alphabétisation des fidèles) a contribué à la construction de « communautés[2] » protestantes à l'identité collective solide et sans chichis. Le protestantisme met en avant la transparence et l'intégrité morale alliées à un

1. Dans l'Église catholique, *l'indulgence* est la rémission des péchés par diverses bonnes œuvres ou par une contribution pécuniaire.
2. Dans les pays protestants et notamment aux USA, le mot *community* (communauté) est beaucoup plus fort que son équivalent français.

très fort civisme – ou à un très fort contrôle social, c'est selon. Notons que ce dernier trait culturel est également partagé par certaines des cultures est-asiatiques qui luttent également avec succès contre le connard. Un bon protestant n'a rien à cacher, mais surtout il appartient à une communauté. Et une communauté protestante n'est pas là pour danser la zumba mais pour faire preuve de solidarité et pour rester soudée. La conséquence, c'est que les primautés données au civisme, à l'exemplarité et à la dimension collective de la vie laissent fort peu d'oxygène au connard, tout en respectant l'individualisme de chacun. En conséquence, le connard moyen, celui que l'on croise à tous les coins de rue sous nos latitudes, a plus de mal à se dégager un espace de nuisance. Dans ces pays, bien sûr, l'existence peut paraître moins fantaisiste, il n'y a pas toujours de rideaux aux fenêtres et tout le monde traverse dans les clous mais, en conséquence, les possibilités de se faire bourrer le mou par un surconfiant sont plus limitées. À la fin, la démocratie est vivace, la violence à ses plus bas niveaux, la corruption réduite à son minimum, les inégalités combattues ; les citoyens ont confiance, la richesse nationale augmente, l'environnement est mieux protégé et tout le monde est content tandis que le résultat s'affiche fièrement au sommet des classements mondiaux : heu-reux !

Open space

« À Amsterdam, les passants sont parfois surpris d'apercevoir à travers une fenêtre l'intérieur d'une maison. Les gens du coin vivent aux yeux de tous. “Car souvent les Néerlandais ne ferment pas leurs rideaux ou leurs volets. D'ailleurs, beaucoup n'en ont pas", observe CNN. Mais si vous décidez de jeter un œil à l'intérieur, les occupants ne vous en tiendront pas rigueur. [...] "L'explication la plus courante est issue de la tradition protestante du calvinisme, selon laquelle les honnêtes citoyens n'ont rien à cacher, explique CNN. Fermer les rideaux pourrait laisser penser le contraire."[1] »

Un monde sans pitié

Dans le domaine de la vie publique, il y a également un lien très net entre protestantisme, transparence et simplicité : pas de décorum, des ministres vont à vélo (pas tous) et le moindre soupçon d'entorse aux règles de bonne conduite entraîne la démission automatique du premier présumé innocent venu. Le moindre excès de vitesse, la moindre note de frais douteuse ou la moindre rétention d'information peut engager la responsabilité politique des élus ou des fonctionnaires. Le monde entier rigole devant tant de sévérité... sauf les Scandinaves ! Sans doute savent-ils que la lutte contre le connard doit être énergique et qu'en ne lui laissant aucun espace, ils gagnent en paix civile. Sans possibilité de passe-droit ou d'avantage indu, la politique devient pour lui une terre à la fois aride et hostile, un continent sans intérêt. Neutralisé dans la vie publique, étouffé dans la vie sociale, il doit se résoudre à rester un simple citoyen, libre, civil, anonyme, ignorant tout de ses propres capacités de connardise, faute d'avoir pu les développer. On a connu destin plus pénible.

1. « Pourquoi les Néerlandais vivent sans rideaux ? », *Courrier international*, 25 avril 2020 ; https://www.courrierinternational.com/article/moeurs-pourquoi-les-neerlandais-vivent-sans-rideaux

Effort permanent

Pour autant, les dix premiers pays du classement du WHR ne sont pas des paradis. Ils ont leur lot de problèmes, leurs tueurs en série, leurs partis d'extrême droite et encore suffisamment de représentants du genre connard pour ne pas cesser leurs efforts. Ils ont surtout la clairvoyance de ne pas permettre aux personnalités toxiques ou intéressées d'accéder trop facilement au pot de confiture : ces postes de pouvoir auxquelles elles sont susceptibles de causer le plus de dégâts. La sagesse ordinaire, qui conseille de ne jamais donner le pouvoir à ceux qui le réclament trop bruyamment, semble avoir imprégné les peuples en question : ils parviennent mieux qu'ailleurs, grâce à une moralisation de la vie politique plus élevée, à limiter les dommages causés par le politiconnard et par la même occasion, les erreurs, les occasions de gaspillage, de corruption et d'exaspération des citoyens.

Dé-moralisation de la vie politique

« [...] La vie de ministre en Scandinavie n'a rien de glamour. Pas de limousine ni de logement de fonction spacieux dans les quartiers chic. Dans un clip plein d'autodérision consacré à la *swedishness* [« suédité », ndlr] en 2013, on voyait même le Premier ministre suédois de l'époque, Fredrik Reinfeldt, se faire rabrouer par ses collègues : il avait laissé sa tasse de café traîner sur l'évier et oublié de lancer le lave-vaisselle.

« [...] Car si les Suédois sont les plus imposés au monde, ils font aussi preuve de peu de tolérance à l'égard des écarts de comportement de leurs dirigeants. Plusieurs ministres en ont fait l'expérience. [...] Le scandale le plus retentissant reste cependant "l'affaire Toblerone". Fin 1995, Mona Sahlin, numéro 2 du gouvernement social-démocrate, est forcée de démissionner pour avoir réglé quelques courses, dont une barre chocolatée, avec sa carte de crédit de fonction. Peu importe qu'elle ait immédiatement remboursé la somme. Le scandale continue de la hanter[1]. »

Paix et amour

Certains économistes décrivent, non sans un certain mépris, ce modèle « nordique » comme une forme de capitalisme « en peluche », c'est-à-dire atténué. Un libéralisme cool, avec de bas niveaux d'inégalités, des États-providence généreux et une concentration réduite des hauts revenus. On retrouve donc ici les liens évoqués dans la partie IV et qui corrèlent capitalisme et connardise. Cette culture de la solidarité, de la coopération et du bien commun est propice au déploiement d'une éducation fortement teintée d'anticonnardise. On ne naît pas bien élevé, on le devient. La capacité de résistance des individus à l'incivilité et au TPMG (tout pour ma gueule), qu'ils soient scandinaves, protestants, asiatiques ou membres d'un peuple premier, n'est pas innée. Elle s'acquiert à force de patience et d'éducation : il faut de longues années d'efforts et d'amour pour fabriquer un non-connard.

1. Anne-Françoise Hivert, « En Suède, on ne badine pas avec la morale », *Libération*, 9 juin 2015 ; https://www.liberation.fr/planete/2015/06/09/en-suede-on-ne-badine-pas-avec-la-morale_1326329/

Sympa

Dans un train entre Saint-Gall et Lucerne, en Suisse, un voyageur a oublié trois kilos d'or. Un autre voyageur l'a trouvé et l'a immédiatement remis à la police[1].

Le profit du crime

Nous nous garderons d'aller plus loin concernant les questions d'éducation anticonnard. Le propos principal de ce livre est avant toute chose, vous l'avez compris, de prendre conscience de l'importance du phénomène. Mais il n'est pas dans notre domaine de compétence de formuler des préconisations pédagogiques précises, le risque de dire des âneries est trop grand. Ce qui est sûr, c'est que la clé du système connardier modéré dans lequel nous vivons tient au fait qu'une petite partie d'entre nous pensent qu'ils ont un véritable intérêt à se comporter comme des connards. Parce qu'ils jugent que cela va leur octroyer des avantages particuliers. Et la plupart du temps, ils ont raison. Une société mieux organisée, plus civilisée et plus sûre de la pertinence de ses valeurs saurait réduire à néant ce genre de raisonnement. Soit en garantissant à tous que la connardise ne paie pas, c'est-à-dire en remontant sévèrement les bretelles au premier casse-berlouze qui passe, soit en faisant bénéficier chacun – et surtout les jeunes – d'un supplément d'éducation à la vie en société. Afin que nous sachions tous bien quelles sont les limites et pourquoi elles sont là : pour nous

1. « Swiss Search for Owner of Gold Haul Left on Train », BBC News ; https://www.bbc.com/news/world-europe-53041884

empêcher de nous entrégorger. Ce qui est également certain, c'est que s'il n'y avait jamais aucun bénéfice à être un connard, notamment aux sommets du pouvoir, la connardise serait largement contenue.

Techniques de défense

Éloge de la fuite

Cet ouvrage ne serait pas complet s'il n'abordait pas, en plus des analyses qui précèdent, une question tout à fait pratique que nombre d'entre nous se posent : en présence d'un connard, que faire ? Comment réagir ? Et comment éviter le pire ?

Commando

Qui tente de se défendre face au connard est confronté à un double problème. D'abord, le connard surgit souvent quand on s'y attend le moins. Il tombe du ciel lors d'un pique-nique à la campagne ou d'une soirée entre amis. Il bénéficie presque toujours d'un net avantage : celui de la surprise. C'est lui qui décide quand et où commence la partie, cet atout tactique le rend excessivement difficile à contrer ; il lui permet de remporter des victoires éclairs. Toutes ses victimes sont saisies et, le temps que quelqu'un réagisse, le mal est fait et le connard est passé à autre chose.

Le connard aguerri sait profiter de cet effet de surprise et développe avec la pratique une sorte d'intuition. Par ailleurs, comme il a souvent du culot (le culot et l'absence de scrupules sont intimement liés), le connard frappe fort (en plus d'attaquer par surprise), ce qui potentialise les dommages et renforce le sentiment d'humiliation de ses victimes.

Blindage réactif

Le second problème posé à qui veut se défendre efficacement contre le connard, c'est qu'il est immunisé contre les critiques. C'est même ce qui le définit (voir Partie I, « Les caractéristiques du connard »). Non seulement il n'en tient pas compte, mais souvent il les retourne ; au lieu de réfléchir ou de s'excuser, il contre-attaque. Il ne le fait pas vraiment exprès, c'est un réflexe : les excuses rebondissent sur lui comme une grenouille sur un trampoline. Plaignez-vous auprès d'un connard qu'il fait trop de bruit, il vous répondra d'abord qu'il ne voit pas le problème – façon polie de dire qu'il s'en « bat les couilles », pour reprendre l'une de ses expressions favorites (voir Partie II). Mais si vous insistez, il se plaindra que vous l'empêchez de vivre. Ou que vous n'aimez pas la musique. Ou que vous êtes raciste anti-lui. Ou que vous êtes pédonazi. Demandez à un connard de cesser de vous couper la parole, il vous accusera de l'empêcher de parler. Bref, il ne peut *pas* avoir tort, il est incritiquable. Le coupable, ça ne *peut pas* être lui : c'est donc vous.

Dans certains cas, le connard est tellement ébloui par sa propre aura que les critiques qu'il reçoit, au lieu de le faire douter, le renforcent encore dans ses convictions : si on lui demande de baisser d'un ton, c'est précisément parce qu'il dit la vérité ; si on le blâme, c'est par jalousie ; si on lui en veut, c'est par mesquinerie, et si on lui dit qu'il se trompe, il est évident que c'est parce qu'il a vu juste. Vous aurez reconnu ici la boucle de renforcement (« Si j'ai tort, c'est que j'ai raison ») à l'œuvre chez les complotistes. Face à un tel personnage, préparez-vous à un rude combat : il appartient à la catégorie des super connards.

Systèmes de défense

L'effet de surprise et les critiques qui rebondissent sont des contraintes fortes qui doivent déterminer en partie votre stratégie de défense.

Défense n° 1 : la fuite

Courage, fuyons !

La meilleure tactique contre le connard, c'est la fuite. Il n'y a absolument aucune honte à fuir un connard. D'abord parce qu'il y en a trop. Ensuite parce qu'en affronter un seul nécessite beaucoup de patience et d'énergie qui seraient vraisemblablement mieux utilisés pour passer du temps avec vos proches et vos enfants. Surtout, n'oubliez jamais : vous n'êtes ni policier, ni éducateur spécialisé, ni juge aux affaires sociales, et ce n'est pas à vous de remettre le connard sur le droit chemin. C'est un travail ingrat et de longue haleine (il faut parfois plusieurs années pour déconnardiser un seul spécimen), et surtout vous n'êtes jamais certain de réussir (passé un certain âge, la connardise est définitivement incrustée). Alors on ne le répétera jamais assez : si vous le pouvez, fuyez ! D'ailleurs, sur un plan moral, la fuite se justifie parfaitement : si l'ensemble de ses interlocuteurs potentiels le fuyaient en permanence, le connard finirait sans doute par constater qu'il jambonne tout le monde. Alors n'hésitez pas.

Pas de bla-bla

Une des erreurs tactiques les plus souvent commises est de tenter de discuter honnêtement avec le connard. Il ne faut pas faire ça. Jamais. Même si cela part d'une bonne intention : ouvrir un dialogue raisonnable est une option parfaitement sensée en cas de litige avec une personne *normale*, mais essayer de faire de même avec le connard est une grave erreur. Autant essayer de discuter du réchauffement climatique avec un appareil à raclette. Le connard n'attend que cette occasion pour réduire la conversation en bouillie avec ce qui vous restait de bonne humeur. Discuter raisonnablement suppose que chaque interlocuteur respecte un certain nombre de contraintes (laisser parler l'autre, écouter ses arguments, y répondre de bonne foi). Le connard ne les respectera pas : s'il était sensible aux arguments des autres, il n'en serait pas un. Vous allez donc vous empêtrer dans un jeu inégal dont vous serez le seul à respecter les règles.

Pour vous défendre efficacement, vous allez donc devoir vous forcer et réprimer votre envie naturelle de dialoguer : un connard, ça se fuit, ça s'esquive, ça se bloque, ça se manipule, ça s'engueule, voire ça se soufflette… mais ça ne se raisonne pas !

Passion burn-out

Dans la vie professionnelle, la passion est surestimée. Il suffit de consulter un site d'offres d'emplois pour le constater : chaque postulant doit être *a minima* « passionné », quelle que soit l'ineptie de l'activité qu'on lui propose. Le travailleur modèle se doit d'être engagé, enthousiaste, volontaire, et même si la plupart du temps c'est du flan, il n'en reste pas moins que le discours officiel célèbre la passion, dont on rappellera qu'elle est pourtant « une très forte émotion produisant un déséquilibre psychologique ». La passion est une « qualité » professionnelle hautement inflammable qui explose lorsqu'on la met en présence d'un détonateur comme le connard ou, pour le dire plus hypocritement, face à un management déficient. Elle conduit généralement les victimes directement au burn-out ou à la dépression. L'une des principales vertus du travailleur moderne est donc bien plus sa capacité à l'indifférence, à la sérénité et à la résilience – ce qui ne l'empêche pas d'être compétent par ailleurs. Face au connard, la passion, l'ardeur ou l'exaltation constituent des handicaps mortels, surtout en milieu professionnel. Qu'on se le dise, dans la plupart des métiers, la capacité à encaisser les coups durs et à supporter la présence d'un ou de plusieurs connards, est sans doute la vertu la plus utile. Alors cultivez le jardin de votre indifférence, jouez l'esquive et évitez les coups, le connard, comme le putois, ne mérite que la fuite.

Défense n° 2 : la honte

Un peu d'histoire

Il est difficile de savoir exactement ce que pensaient les premiers humains, le soir, au coin du feu, et quelles étaient leurs méthodes pour lutter contre le connard. Nous pouvons cependant raisonnablement tenter de l'imaginer. Remontons quarante mille ans plus tôt (notre espèce a environ trois cent mille ans) en Europe (la dernière glaciation n'est pas encore achevée) et visualisons une tribu de quelques dizaines d'humains chétifs (si on les compare à un mammouth de six tonnes ou à un ours de trois mètres cinquante) équipés d'armes rudimentaires (par rapport à un lance-roquettes multiples), perpétuellement à la recherche de nourriture et à la merci des éléments. Un tel groupe ne peut espérer survivre que s'il fait preuve d'une solidarité sans faille.

Dans votre groupe de chasseurs-collecteurs de la préhistoire, chacun est dépendant des autres à 100 % et il n'y a pas de place pour un mariole s'autorisant à semer la zizanie parce qu'il pense qu'il est « spécial ». Vous ne pouvez pas vous arroger une plus grosse part de steak, parce que « vous le valez bien ». Vous ne pouvez pas insulter les ancêtres d'un autre membre du groupe même si vous êtes défoncé aux champis. Vous ne pouvez pas échapper à la corvée de chasse parce que vous préférez rester glander sous la tente et vous ne pouvez pas non plus jouer des percus en plein milieu de la nuit parce que vous avez le feeling. En d'autres termes, votre clan ne peut pas se permettre d'héberger le moindre connard parce que, s'il y en a un, il y en aura bientôt dix et que ce n'est pas possible lorsque les conditions sont extrêmes.

100 % collègues

Cette supposition est corroborée par l'observation. Il existe encore sur Terre quelques centaines de peuples dits *premiers* que nous n'avons pas encore réussi à faire totalement disparaître. Ils vivent en pleine nature et, s'ils ne sont pas plus préhistoriques que nous, ils n'en ont pas moins des conditions de vie qui peuvent nous éclairer sur celles de nos ancêtres. Un peu comme nous, lorsque nous arrivons en camping et que nous nous rendons compte que nous avons oublié la tente. Un chercheur, Christopher Boehm, s'est attaché à sélectionner les documents concernant cent cinquante peuples non influencés[1] par le monde moderne pour les étudier. Il s'agissait toujours de communautés nomades et indépendantes de chasseurs-cueilleurs. Ils vivent (ou vivaient) de la manière dont l'humanité a vécu il y a vingt mille ans, c'est-à-dire « à la fraîche ». Ils constituent de bons exemples à étudier parce qu'ils évoluent dans des conditions sinon identiques, du moins comparables à celles de nos lointains ancêtres.

1. Peu influencés serait plus juste.

Premier constat : toutes ces communautés, nomades ou semi-nomades, sont caractérisées par une grande égalité, quels que soient le continent, le milieu écologique ou l'époque : « Dans toutes ces sociétés, les profiteurs, les tricheurs, les méchants et les tyrans étaient fustigés par le groupe. Si quelqu'un cherchait un statut plus élevé ou à prendre plus que sa part, il était blâmé ou ridiculisé. Une mauvaise conduite obstinée ou une violence grave étaient sanctionnées par l'exclusion ou le bannissement et, en cas de meurtre, jusqu'à la peine de mort. Dans la banque de données de Boehm, la plupart des peines de mort ont été exécutées sur des hommes. La peine de mort nécessitait le consensus de toute la communauté, y compris celui des femmes[1]. » Au sein de ces groupes, chacun devait faire preuve de convivialité, de générosité et surtout de modestie. Boehm ajoute qu'en conséquence, dans ces petites communautés où tout le monde se connaissait et où une bonne réputation était la seule vraie richesse, mettre la honte suffisait le plus souvent à rectifier un comportement déviant.

Le bon chasseur

Je ne résiste pas au plaisir de reproduire ci-dessous le témoignage rapporté par l'anthropologue canadien Richard Lee, qui a vécu avec les !Kung du Kalahari, quant au comportement idéal du bon chasseur[2] : « Il doit d'abord s'asseoir et rester silencieux jusqu'à ce que quelqu'un vienne près du feu et lui demande :

1. *In* Dirk Van Duppen, Johan Hoebeke, *L'Homme, un loup pour l'homme ? Les fondements scientifiques de la solidarité*, Investig'Action, 2020.
2. Richard Lee, *The !Kung San. Men, Women, and Work in a Foraging Society*, Cambridge University Press, 1979.

“Qu’as-tu vu aujourd’hui ?” Il répond alors d’une voix douce : “Ah je ne suis pas doué pour la chasse, je n’ai rien vu du tout, juste un tout petit quelque chose…” Alors je ris sous cape parce que je sais qu’il a fait une grosse prise. »

Un autre membre du clan confirme : « Nous ne voulons pas de quelqu’un qui se vante car un jour sa fierté l’amènera à tuer l’un de ses semblables. Alors nous disons toujours que sa viande ne vaut rien. Ainsi nous refroidissons son cœur et l’adoucissons. »

Parmi l’ensemble des peuples premiers *à fonctionnement égalitaire* (tous ne fonctionnent pas ainsi), la honte est un outil de prédilection pour faire régner la modestie et l’égalité. Le premier qui tente de faire le branlot se fait immédiatement charrier et remettre à sa place par l’ensemble du groupe, ce qui évite des mesures plus sévères un peu plus tard. Dans le même livre l’anthropologue relate la sanction appliquée à un individu dont le comportement laissait de plus en plus à désirer (et qui avait déjà tué deux personnes par le passé) : « Tous les hommes lui tirèrent dessus des flèches empoisonnées jusqu’à ce qu’il ressemble à un porc-épic. Puis, une fois qu’il gisait mort, toutes les femmes et les hommes s’approchèrent de son corps et le percèrent avec des lances, afin de partager symboliquement la responsabilité de sa mort. »

Il ne fait pas bon être un connard chez les !Kung.

Éhontés

Il n’est pas très risqué d’avancer que la honte a été l’instrument privilégié de la lutte contre le connard chez nos lointains ancêtres, tout simplement parce qu’elle l’est toujours aujourd’hui, y compris chez nous, en Occident.

À part chez certaines personnalités pathologiques sur lesquelles elle semble ne plus avoir aucun effet (Donald Trump par exemple), la honte est l'outil qu'utilisent *toutes* les sociétés de la planète pour lutter contre le connard. L'espèce humaine dans son ensemble se sert d'elle au quotidien pour réguler les rapports entre ses membres et les empêcher d'être sans vergogne, c'est-à-dire sans honte.

Mais qu'est-ce que c'est exactement que la honte ? La honte est le sentiment d'humiliation que nous ressentons lorsque nous constatons (ou imaginons) que les autres nous jugent défavorablement, par exemple lorsque nous commettons des actes moralement répréhensibles (ou que nous nous faisons surprendre en train de chanter une chanson stupide).

La honte est une émotion complexe. Elle se distingue des autres émotions de base (tristesse, peur, joie, surprise, dégoût, colère) par sa dimension sociale : on n'a pas honte seul[1] mais seulement dans le regard d'autrui. Par ailleurs, contrairement aux autres émotions de base, elle n'est pas innée : les tout-petits n'en ressentent pas. C'est un sentiment que chacun acquiert peu à peu grâce à l'éducation qu'il reçoit. Les sociétés n'ayant pas la même culture, les mêmes limites ou les mêmes interdits, tous les enfants de la planète n'apprennent donc pas à avoir honte des mêmes choses. De même, des actes qui auraient mené nos grands-parents au bord du suicide ne provoquent parfois plus aucune honte aujourd'hui, surtout chez les gens assoiffés de télébrité[2].

---

1. À moins d'avoir une personnalité extrêêêêmement tourmentée...
2. Télébrité : néologisme personnel mêlant les mots télé-réalité et célébrité.

Antidérapant

La honte sert à réguler les relations entre les humains. Elle facilite la vie du groupe en signalant à chacun les limites à ne pas dépasser. C'est une sorte de modérateur comportemental qui empêche les appétits individuels de s'exprimer trop brutalement (et le groupe de s'étriper). Pour ne pas risquer la honte, nous refrénons nos pulsions. Elle a vraisemblablement été « inventée » pour ne pas avoir à inventer la police des mœurs (qu'on a quand même fini par instituer plus tard mais c'est une autre histoire).

Dans toutes les sociétés, c'est un régulateur social extrêmement puissant et, dans certaines cultures plutôt violentes, dites cultures de l'honneur[1], elle peut apparaître à nos yeux d'Occidentaux comme excessive. Elle assigne en tout cas à chacun une place et des comportements extrêmement contraignants. Malheur à celui qui les transgresserait ! Il attirerait le déshonneur sur toute la famille, qui y perdrait du même coup sa réputation. Quant à l'individu, il signerait son arrêt de mort sociale, ce qui équivaut dans certains coins mal famés de la planète au bannissement, voire à la mort tout court. Or, quand vous vivez depuis des générations dans un endroit reculé que vous n'avez pas vraiment la possibilité de quitter et que votre réputation est ruinée, vous l'êtes aussi. Votre honneur constitue votre bien le plus précieux ; sans lui, vous êtes « démonétisé » et nul ne prendra le risque d'aller contre le groupe qui vous a mis à l'écart. Heureusement (et parfois aussi, malheureusement), sous nos latitudes, l'honneur est loin d'être une notion aussi périlleuse.

---

1. La culture de l'honneur est une culture qui accorde une grande importance à la réputation de l'individu ainsi qu'à celle de sa famille.

Hommes d'élection

« Il n'y a qu'une seule chose qui m'empêcherait d'être candidat, c'est si mon honneur était atteint, si j'étais mis en examen. »
François Fillon,
candidat à l'élection présidentielle, janvier 2017.

« Je ne céderai pas, je ne me rendrai pas, je ne me retirerai pas. »
François Fillon,
suite à sa mise en examen, mars 2017.

« Je m'engage à soutenir publiquement le (la) candidat(e) qui sera désigné(e) à l'issue des élections primaires citoyennes et à m'engager dans sa campagne. »
François de Rugy & Manuel Valls, janvier 2017.

« Je préfère la cohérence à l'obéissance. »
François de Rugy,
après son ralliement au candidat le mieux placé.

« J'ai respecté scrupuleusement la règle que je m'étais fixée : [...] la cohérence. »
Manuel Valls,
après son ralliement au candidat le mieux placé.

« Les promesses n'engagent que ceux qui les reçoivent. »
Jacques Chirac

Connardicide

Quand on voit combien de connards sans vergogne se pavanent en liberté autour de nous, on peut se demander si la honte joue toujours son rôle. Le bon sens populaire ne s'y trompe d'ailleurs pas puisqu'il définit souvent le connard comme quelqu'un « qui n'a pas honte ».

Le désolant spectacle de célébrités dénuées de la moindre décence indique clairement que la honte est en partie inopérante dans certains domaines, notamment ceux où le narcissisme, le pouvoir ou l'appât du gain sont exacerbés. Pourtant, si quelques infâmes arrivent à lui échapper, n'oublions jamais que la peur de la honte empêche des milliards de gens (dont l'auteur de ce livre) de basculer quotidiennement dans la connardise.

Pour lutter contre le connard, la honte constitue théoriquement un traitement efficace, le plus dur étant de savoir à quelle dose, sachant qu'il n'y est pas très sensible au départ.

Communication non violente

La personne de bonne volonté qui décide de faire honte au connard doit garder à l'esprit qu'elle va devoir viser juste. Pour fonctionner, ses critiques ne devront pas être moralisatrices (le connard s'en fiche) et il faudra veiller à ne pas le braquer. Pour cela, le mieux est d'utiliser certaines des techniques de CNV (communication non violente). Elles n'ont pas été conçues spécifiquement pour le connard mais la plupart d'entre elles fonctionnent quand même sur lui. La communication non violente propose par exemple « d'éviter d'utiliser des évaluations et des jugements, parce que si l'interlocuteur se sent jugé, il aura tendance à s'investir dans l'autodéfense plutôt que dans la compréhension ». On reconnaît ici l'une des caractéristiques majeures du connard : la forte tendance au déni. Par exemple, il vaut mieux lui dire : « Vous faites chier tout le monde », qui est un fait observable, que « Vous êtes un connard », qui est un jugement. La CNV recommande, en outre, d'avoir recours à un vocabulaire affectif capable d'exprimer toute une palette d'émotions :

« Je suis triste, ennuyé, agacé, déçu, peiné, gêné, étonné, blessé, embêté, fatigué, dérangé, etc. » au lieu de, par exemple : « Vous vous prenez pour qui, espèce de pauvre type ? » Là aussi, le conseil est utile : le recours à un vocabulaire émotionnel parviendra peut-être à réveiller son empathie, à défaut de sa compassion (même s'il vaut mieux ne pas trop compter dessus). La CNV ajoute enfin qu'il « n'est pas conseillé d'utiliser les ordres, la menace ou la manipulation car elles ne suscitent pas la bienveillance de l'interlocuteur ». Si vouloir susciter la bienveillance de l'hurluberlu qui vous encrasse les artères peut passer pour une dispensable coquetterie, c'est néanmoins une solution de dernier recours, à envisager lorsque vous vous retrouvez coincé avec lui sans possibilité de fuite, comme lors d'une panne d'ascenseur ou, pire, sur une île déserte après un naufrage.

Mode d'emploi

Toutes ces précisions étant apportées, il ne vous reste plus qu'à essayer d'imaginer ce qui va bien pouvoir faire honte au connard que vous avez en face de vous. L'autrice de ses jours ? (« Si votre maman vous voyait ! ») Ses enfants ? (« J'espère que vous ne faites pas la même chose devant vos gosses ? ») Pour utiliser cette parade, encore faut-il connaître les endroits où appuyer afin de réveiller le sentiment de fierté qui poussera le connard à changer de comportement. Bonne chance ! Certains connards sont parfaitement imperméables à des situations qui couvriraient de honte n'importe quelle personne normalement constituée. Pour la plupart d'entre eux, les bons angles d'attaque sont extrêmement difficiles à trouver . Bref, essayer de faire honte à un connard est une entreprise extrêmement hasardeuse, surtout si l'on est seul. La honte est beaucoup plus efficace dans le cadre d'une démarche collective. Seul face à vous, il y a de fortes chances que le connard ne se sente aucunement concerné par vos récriminations, alors qu'avec quelques témoins qui vous appuient en souriant, il se peut que son sens de la dignité sorte du coma. Ici, nous voyons apparaître deux armes qui renforceront l'efficacité de vos actions et que nous étudierons plus loin : le recours au collectif et à l'humour.

Mais, encore une fois, rappelons-le : face au connard, n'utilisez la honte que si vous y êtes obligé, la meilleure défense, c'est la fuite.

Défense n° 3 : le collectif

Si les sociétés tiennent et prospèrent, c'est parce qu'elles sont constituées en large majorité de personnes coopératives, prêtes à consacrer leur intelligence et une partie de leurs ressources en temps ou en énergie au bien de la communauté. Le connard va donc essayer d'empêcher le groupe de s'organiser car il pressent que la défense collective est l'arme absolue contre lui. Malheureusement, rien n'est jamais simple et cette arme est l'une des plus difficiles à manier. La difficulté majeure tient à sa nature même : elle est collective, il faut donc l'organiser en tenant compte d'un facteur fortement limitant, celui sur lequel toutes les personnes de bonne volonté qui tentent d'organiser un groupe se cassent les dents : le PFH (putain de facteur humain). Par ailleurs, comme il n'existe pas de recette toute faite, la plupart du temps, il faut improviser : la gestion collective du connard relève plus de l'art que de la science. Enfin, comme le connard aguerri parvient assez souvent à monter les gens les uns contre les autres, le déploiement de cette tactique n'est pas évident. Heureusement, ses effets sont tellement puissants qu'il suffit parfois d'une toute petite dose de révolte ou d'indignation collectives pour lui flanquer la déculottée morale qu'il mérite.

Non, Jeff…

La première difficulté à surmonter tient au fait que le groupe n'a généralement pas conscience de lui-même, ni de sa force potentielle. Dans nos sociétés post-libérales, l'idée même de collectif a été soigneusement dévalorisée. Des dizaines d'années de propagande en faveur d'un individualisme forcené (voir Partie IV, « Un système d'organisation structurellement propice ») n'y sont, bien sûr, pas étrangères. L'époque à laquelle il existait une solide culture populaire de la lutte collective n'est pourtant pas si éloignée : celle de nos grands-parents. Ils n'avaient peut-être pas étudié *Le Discours de la servitude volontaire* de La Boétie mais étaient néanmoins conscients de la force du groupe lorsque celui-ci décide de ne plus se laisser piétiner la tronche. Ils savaient qu'il n'y a pas de raison pour que, « dans la balance sociale, le gramme l'emporte sur le kilo[1] » et le connard isolé sur la masse des personnes de bonne volonté. Aujourd'hui, malheureusement, lorsque les membres d'un groupe sont victimes d'un connard, la réponse collective coordonnée est rarement leur premier réflexe, tout simplement parce que cette possibilité ne leur vient pas à l'esprit. Il suffit pourtant parfois à l'individu de prendre conscience de l'existence d'autres victimes autour de lui (voisins, collègues, usagers) pour gagner en assurance. La capacité de nuisance du connard est alors instantanément

1. Simone Weil, *Méditation sur l'obéissance et la liberté*, 1937.

réduite de moitié. Et si la victime parvient à fédérer cette communauté potentielle et à lui faire prendre conscience d'elle-même, le connard est fichu. Bref, si vous avez un connard à affronter, commencez TOUJOURS par chercher des alliés. Interrogez-les, écoutez-les, secourez-les et assurez-les de votre soutien, ils vous donneront le leur. Par exemple, si l'un de vos N+1 vous pourrit régulièrement l'existence, parlez-en préalablement à vos collègues avant d'intervenir, il y a de fortes chances qu'ils en souffrent autant que vous et que vous en fassiez instantanément des camarades de combat : n'oubliez jamais que, face au connard, vous n'êtes pas seul(e) à vous sentir seul(e). S'il y a bien une règle à retenir, c'est celle-ci : si vous ne pouvez pas fuir, cherchez d'abord les autres victimes du connard puis mettez-vous en ordre de bataille. Si vous ne le faites pas pour vous, faites-le pour elles.

Tous ensemble

Forger un esprit d'équipe pour assurer une défense collective contre le connard est d'autant plus indispensable que, encore une fois, celui-ci va tenter de monter les membres du groupe les uns contre les autres afin de les empêcher de coopérer contre lui. Reprenons l'exemple du N+1 qui brouille l'écoute[1] de la quasi-totalité de ses subordonnés. S'il sent, même confusément, qu'une résistance quelconque s'organise contre lui, il n'hésitera pas non plus (il hésite rarement) à semer la zizanie en allumant des contre-feux : il accusera Machine d'avoir dit ceci ou cela sur Bidule, peu lui importe – pourvu que l'attention se détourne temporairement de lui. Et lorsqu'il

1. Contrepèterie pleine d'élégance permettant d'évoquer des comportements de harcèlement qui n'en ont aucune.

y parvient, ce qui est fréquent, il triomphe, fier de son habileté à diviser pour régner. Encore plus imbu de lui-même, il redouble alors de connardise.

Pénombre

Le connard, on le sait, aime la zone grise, l'ambiguïté et les comportements équivoques. Pour paraphraser Jean Cocteau, il sait « jusqu'où aller trop loin ». La difficulté pour les autres membres du groupe, c'est que dans la zone grise où le connard évolue, il n'existe pas de limites claires – et encore moins de sanctions définies. Pris en flagrant délit de harcèlement, par exemple, le connard n'hésitera jamais à dire qu'il « plaisantait » ou qu'il a été « mal compris ». Les personnes de bonne volonté sont donc démunies lorsqu'il s'agit de savoir quelle attitude adopter face à lui. Il bénéficie d'une présomption d'innocence et trouvera souvent des idiots utiles[1] pour minimiser ses actes ou transformer ses victimes en coupables. Il a manqué de respect à Machine, d'accord, mais n'est-elle pas *un peu* soupe-au-lait, aussi ? Ne l'a-t-elle pas *un peu* cherché ? Sa jupe n'était-elle pas *un peu* trop courte ? Les personnes de bonne volonté ayant du mal à définir les limites exactes que le connard ne doit pas franchir, elles vont souvent perdre des heures à discuter – et parfois même se déchirer – quant à l'attitude à adopter. C'est là tout l'intérêt de la zone grise pour le connard : tout y est flou et brumeux. Jusqu'au jour où le groupe se met d'accord et décide de ne plus rien laisser passer. La zone grise s'éclaircit alors brusquement, le brouillard se lève et le connard se retrouve dos au mur. Devant lui, un peloton s'est formé: il va devoir en rabattre.

---

1. L'expression est utilisée pour décrire une personne qui agit en faveur de certains intérêts (généralement contraires aux siens) sans même s'en rendre compte.

Défense n° 4 : l'humour

Balle en argent

Face au connard, il faut lutter pour ne pas perdre le sens de l'humour. Le jeu en vaut la chandelle, surtout dans le cadre d'une action collective : l'humour soude, l'humour apaise, l'humour fait passer des messages et surtout, l'humour touche. L'humour est efficace. Il suffit de penser à l'utiliser. Et encore faut-il en avoir (l'auteur suppose que si vous êtes arrivé jusqu'à cette page, c'est que vous n'en êtes pas dépourvu). Notre société est prise en étau entre d'un côté un terrible esprit de sérieux et de l'autre une bouffonnerie convulsive ; nous sommes sérieux quand nous devrions rire et nous nous esclaffons lorsque nous devrions pleurer, ce qui fait que peu de groupes songent spontanément à mêler l'humour à leurs tactiques. Beaucoup de personnes, victimes de cet esprit de sérieux mal placé, se refusent même catégoriquement à utiliser cette arme. Elles craignent que l'humour ne discrédite leur cause. C'est une erreur : il n'y a rien de plus sérieux que l'humour et il ne faut jamais s'en priver dans la lutte contre le connard : comme celui-ci se prend très au sérieux, il est vulnérable aux pointes d'humour, pourvu qu'elles le touchent au défaut de la cuirasse, c'est-à-dire à l'estime de soi. C'est donc là qu'il faut viser pour lui faire ressentir, sinon de la honte, au moins de la gêne. On vous a sans doute enseigné, comme à moi, qu'il ne fallait jamais rire des défauts d'autrui mais, face au connard, vous avez l'autorisation de vous amuser un peu. D'abord parce que vous êtes en situation de légitime défense. Ensuite parce qu'il ne comprend que ça. Et enfin parce que c'est pour son bien. Dites-vous que ça fait partie d'une double thérapie : la vôtre et la sienne. Alors affûtez vos blagues. Si l'humour est capable de faire chanceler des dictatures[1], il peut largement mettre en difficulté un connard de base. Et peut-être même, ô miracle, le faire réfléchir ? Non, tout de même, ne rêvons pas.

Sic transit (bis)

« Mon histoire de vengeance préférée m'a été racontée par une productrice d'une station de radio de Boston, qui m'aidait à préparer une émission sur les "salauds au travail". Elle me parla du patron qui l'avait le plus exaspérée. Le type gagnait cent fois plus qu'elle et ne cessait de la dévaloriser et de violer son espace personnel. En particulier, il piochait librement dans les tiroirs de son bureau et mangeait une partie de son déjeuner ou les sucreries qu'elle y conservait. Elle se sentait envahie et volée et, bien qu'elle lui ait demandé de cesser, il continuait. Un jour, elle prépara quelques bonbons avec un laxatif parfumé au chocolat, et les laissa sur son bureau. Comme d'habitude, son patron arriva et les avala jusqu'au dernier sans demander la permission. Lorsqu'elle lui dit ce qu'il venait de manger, "il ne fut pas heureux"[2] ! »

1. Srdja Popovic, *Comment faire tomber un dictateur quand on est seul, tout petit et sans armes*, Payot, 2017.
2. Robert Sutton, *Objectif Zéro-sale-con*, Vuibert, 2007.

Fusil à pompe

L'humour est une arme qui comporte un certain nombre d'avantages :

– Les traits d'humour sont comme des tirs de chevrotine : ils sont diffus, ils visent large, font peu de mal... mais touchent toujours leur cible ! Une plaisanterie n'a pas à être précise et motivée comme une accusation portée devant un tribunal, elle peut se contenter de rester vague ou allusive, pourvu que tout le monde comprenne à quoi elle fait *référence*. La plupart des (bons) traits d'humour reposent sur l'implicite, l'approximation, le non-dit (c'est précisément ce qui les rend drôles), raison pour laquelle, contrairement à des accusations, ils ne peuvent être réfutés. On peut les trouver mauvais, ne pas en rire ou ne pas les comprendre mais on ne peut pas les invalider. C'est pourquoi les despotes craignent tellement les mots d'esprit, ce truc étrange qu'on ne peut pas abroger par décret (même si on peut envoyer ses auteurs au goulag).

– Si la plaisanterie est bonne, elle oblige non seulement son destinataire à encaisser la critique (ce qui est le but) mais à faire, en plus, bonne figure... à moins de devoir admettre qu'il n'a pas d'humour.

– Quant à l'humoriste malheureux, au cas où les choses tourneraient mal, il peut toujours faire comme le connard et prétendre qu'il a été « mal compris ».

D'une façon plus générale, jouer la carte de l'humour est une excellente façon de se défendre, de se détendre et de remettre le gougnafier à la place qui est la sienne. Veillez à avoir un public, si possible acquis, afin de mettre les rieurs de votre côté : encore une fois (et si vous ne pouvez pas fuir), privilégiez l'action collective, car même avec de l'humour, le connard n'est pas drôle si l'on est seul.

Conseil d'ami

Pour conclure cette partie sur les techniques de défense, je ne résiste pas au plaisir de vous faire découvrir la meilleure stratégie de survie dont j'aie jamais entendu parler, tirée telle quelle du livre de Robert Sutton *Objectif Zéro-sale-con*, déjà évoqué. Il me semble qu'elle résume à merveille l'attitude à adopter lorsqu'il n'existe aucun moyen d'échapper au connard.

Les pieds en avant

[Face au harcèlement et au dénigrement qu'elle subissait de la part de ses collègues ndlr] « Ruth mit au point une stratégie qui s'inspirait d'un conseil tiré d'un guide de rafting : "Si vous êtes éjecté du bateau quand vous êtes dans des rapides, ne luttez pas contre le courant ; faites confiance à votre gilet de sauvetage et laissez-vous flotter sur le dos, les pieds en premier. Dans cette position, si vous êtes précipité sur des rochers vous pouvez amortir le choc avec vos pieds, vous protégez votre tête et vous conservez votre énergie." [...] Ruth se souvint de cette stratégie lorsqu'elle se retrouva dans une réunion – la première d'une longue série – où, avec d'autres collègues, elle fut la cible d'attaques personnelles, de regards méprisants et de critiques cinglantes. Le virus du sale con se répandit comme un feu de brousse et contamina même des gens qui étaient généralement aimables et raisonnables. Ruth étendit les jambes sous la table et l'image du rafting lui revint en mémoire. Elle se dit : "D'accord, je viens d'être éjectée du bateau par cette bande de sales cons, mais je sais comment survivre." »

La tactique utilisée par Ruth est simple : elle permet de garder son calme et de rester concentrée sur l'essentiel (se protéger avec les pieds) pour ne pas épuiser inutilement ses forces (en se laissant flotter). Cela lui permet d'encaisser émotionnellement les attaques des connards, par nature imprévisibles, avec un minimum de dégâts. Il s'agit d'une forme de lâcher-prise contrôlé. L'histoire raconte même que grâce à l'énergie économisée, Ruth parvint à aider ses collègues en difficulté et qu'ensemble, ils trouvèrent les moyens de neutraliser leurs tourmenteurs… et de changer de boîte !

Conclusion

Nécessité d'une démarche de prévention raisonnée fondée sur un modèle sanitaire

Bien nommer

« Quand le sage désigne la lune, l'idiot regarde le doigt », dit le proverbe. Pour le connard, c'est pareil : lorsque l'on désigne le connard du doigt, beaucoup ne voient que sa catégorie sociale ou ses origines ethniques. Ainsi, nombre d'électeurs choisissent-ils de dénoncer des catégories générales de boucs émissaires (hommes, jeunes, pauvres, banlieusards, immigrés, musulmans, etc.) au lieu de s'en prendre aux quelques connards parmi elles. Faire de la connardologie, c'est donc identifier le phénomène connard et admettre qu'il peut constitue une grille d'analyse pertinente. C'est ensuite essayer de regarder la société à travers ce prisme – et donc aborder les problèmes du vivre-ensemble en mettant les catégories habituelles de côté. Ce salutaire exercice de pondération permet d'identifier le point commun à l'immense majorité des fauteurs de troubles, sans stigmatiser leurs catégories sociales d'appartenance. Ce principe est résumé par une sage maxime : « Il y a des connards partout. »

Mais tant que nous refuserons de considérer le connard comme un problème central, il continuera à prospérer et à bénéficier d'une impunité confortable. Heureusement, le temps n'est plus très éloigné où, poussé dans la lumière, il apparaîtra dans toute sa fatuité aux yeux du grand public. Si ce livre devait n'avoir qu'un objectif, ce serait celui-là : braquer le projecteur sur lui afin que chacun le reconnaisse et qu'il ne puisse plus continuer à bousiller impunément la gentillesse de ses contemporains. Reconnaître le problème, n'est-ce pas déjà avoir fait la moitié du chemin vers sa résolution ?

Lutte des crasses

Aussi nuisible soit-il, le connard fait pleinement partie du tissu de la société et sa présence n'est pas funeste pourvu que nous contrôlions sa prolifération. Nous n'avons guère à le craindre pour peu que nous respections une sorte d'hygiène collective minimale. La lutte peut donc être envisagée à la manière d'une grande campagne sanitaire : le connard doit être maintenu en dessous de son seuil de dangerosité grâce à des mesures de prophylaxie et des gestes barrières. Cette approche généraliste permet de ne pas stigmatiser les individus frappés de connardise. Comme pour les pandémies, l'accent doit donc être mis sur l'action collective ; le public doit être formé à reconnaître le connard sans se tromper. Chaque citoyen doit également apprendre par cœur les gestes qui sauvent si jamais il tombe sur un nid. Dans cette perspective, l'établissement d'un numéro vert ne serait sans doute pas inutile.

S'en débarrasser ?

Le connard est un fait social. Il faut se résigner à vivre avec : il fait partie de l'humanité. Une société sans connard n'existe pas et, si elle existait, elle serait encore pire. Le connard constitue l'un des prix à payer pour nos libertés. Tenter de l'éradiquer serait un remède pire que le mal. Nul démocrate véritable ne recommanderait sérieusement, j'espère, l'utilisation de procédés de surveillance[1] afin de le contrôler. Il n'est pas question de s'en débarrasser définitivement, mais seulement de l'endiguer, un peu comme dans une réserve (on pourrait relocaliser tous les connards dans les Pyrénées, avec les ours). Quant aux trois solutions qui nous permettraient de le contenir efficacement, nous les connaissons déjà : elles s'appellent l'éducation, l'éducation et l'éducation. Quant à la démocratie, elle constitue un cadre plus global qui, s'il n'empêche pas le connard d'arriver au pouvoir, nous permet au moins d'en changer régulièrement. C'est l'une des raisons pour lesquelles elle a été inventée.

Et moi et moi et moi ?

Les esprits sagaces auront sans doute remarqué qu'aucun chapitre de ce livre n'a été consacré aux moyens de savoir si l'on est soi-même un connard. Et, le cas échéant, de se soigner. L'explication est simple : il y a peu de « vrais » connards (moins de 1 % de la population) et, si vous vous posez la question, c'est sans doute que vous n'en êtes pas un.e. Pour ne *pas être* un.e connard.e, il suffit d'être capable de faire preuve d'un minimum de politesse et de savoir présenter ses excuses, c'est tout. Un peu d'autovigilance suffit à la plupart d'entre nous pour lutter contre nos propres tendances à la connardise. Ce n'est donc pas si difficile, il suffit d'abord de faire raisonnablement attention aux autres et ensuite d'écouter leurs critiques en tâchant de reconnaître honnêtement ses torts ; bref, ne pas leur faire ce qu'on ne voudrait pas qu'ils nous fassent en restant poli, attentif et prompt à l'autocritique. Ce n'est pas facile, bien sûr, mais pas complètement impossible non plus.

1. Comme ceux que la République populaire de Chine a mis en place pour surveiller ses citoyens.

À la différence de la connerie, la connardise n'est pas une fatalité. Nous pouvons donc affirmer que contrairement à l'adage qui vaut pour les cons, non ! on n'est pas *forcément* le connard de quelqu'un !

Épilogue

Ce livre est né d'une révolte face aux comportements exaspérants de certains de mes semblables (sans parler du mien). Pour traiter un sujet aussi sensible, j'ai choisi un angle incongru, celui du connard, et une forme de traitement, celui de l'humour léger. À ma grande surprise, au fur et à mesure de mon travail de recherche sur cet étrange personnage, le fil que je tirais est devenu de plus en plus long et de nombreux sujets beaucoup moins légers sont remontés à la surface. Bientôt, j'avais sur mon bureau toutes sortes de thèmes auxquels je n'avais pas d'abord songé : #metoo, les incivilités, le harcèlement, le management toxique, l'humiliation, les risques psychosociaux, etc. Et avec eux quelques grands enjeux de notre temps : l'éducation, la domination masculine, le capitalisme, la démocratie, l'écologie, l'influence des médias, des réseaux sociaux ou de l'idéologie consumériste, etc. Un peu effrayé par tant de responsabilités – mais avec l'autodérision comme gilet de sauvetage –, je me suis jeté dans le maelström les pieds en avant, comme Ruth, et je me suis laissé guider par deux idées :

– Nous ne devrions jamais accepter la façon dont le connard nous traite.

– La vie est trop courte pour perdre du temps avec lui.

Au moment de conclure cet ouvrage, je n'ai pas changé d'avis.

Table des matières

Remerciements

Merci à Camille de me supporter dans tous les sens du terme.

Merci à Emmanuel Robert-Espalieu pour avoir transmis le bon projet à la bonne personne au bon moment.

Merci à Liliane Roudière pour avoir ouvert la voie sur le thème des gougnafiers avec son livre *Les gens honnêtes ont-ils un avenir ?*

Merci à Lucile Peytavin de m'avoir envoyé son livre *Le Coût de la virilité*.

Merci à tous les connards qui m'ont permis de soupçonner qu'il y avait un problème.

Et merci plus encore à toutes les personnes de bonne volonté qui me prouvent chaque jour que ce problème n'est pas une fatalité.

Bibliographie

Les gens honnêtes ont-ils un avenir ?, Liliane Roudière, First Éditions, 2020.

Homo Domesticus, James C. Scott, La Découverte, 2019.

L'intelligence collective, Joseph Heinrich, Les Arènes, 2019.

L'Homme, un loup pour l'homme ? – Les fondements scientifiques de la solidarité, Dirk Van Duppen, Johan Hoebeke – Investig'Action, 2020.

Le processus de civilisation, Norbert Elias.

Les rites d'interaction sociale, Erwin Goffman, Les Éditions de Minuit, 1974.

La Part d'ange en nous, Steven Pinker, les Arènes, 2017.

Le Coût de la virilité – Ce que la France économiserait si les hommes se comportaient comme les femmes, Lucile Peytavin, Anne Carrère, 2021.

La Grève, Ayn Rand, Les Belles Lettres, 2011.

Léviathan, Thomas Hobbes, Flammarion, 2017.

Le Contrat social, Jean-Jacques Rousseau, Flammarion, 2017.

Humanité, une histoire optimiste, Rutger Bregman, Seuil, 2020.

Supercollectif, Émile Servan Schreiber, Fayard, 2018.

Discours sur la servitude volontaire, Étienne de la Boétie, Flammarion, 2016.

Comment faire tomber un dictateur quand on est seul, tout petit et sans armes, Srdja Popovic, Payot, 2015.

Objectif Zéro-Sale-Con, Robert Sutton, Vuibert, 2007.

Assholes, a Theory, Aaron James, Doubleday 2012.

Une histoire de la violence, Robert Muchembled, Seuil, 2008.

Histoire de la virilité, tome 2, volume dirigé par Alain Corbin, Seuil, 2011.

Où en sont-elles ?, Emmanuel Todd, Seuil, 2022.

Trail, Jean-Philippe Lefief, Guérin-éditions Paulsen, 2019.

« Méditation sur l'obéissance et la liberté », Simone Weil, 1937.

La Société contre l'État, Pierre Clastres, Minuit, 2011.

Au commencement était… Une nouvelle histoire de l'humanité, David Graeber et David Wengrow, 2022.

Psychologie de la connerie, sous la direction de Jean-François Marmion, éditions Sciences Humaines, 2018.

Dictionnaire de l'ethnologie et de l'anthropologie, Pierre Bonte et Michel Izard (dir.), Presses universitaires de France, 1991.

Et l'évolution créa la femme, Pascal Picq, Odile Jacob, 2020.

Le monde jusqu'à hier, Jared Diamond, Gallimard, 2013.

Cultures and Organizations Software of The Mind, Geert Hofstede, Harper & Collins, 1994.

L'Entraide, l'autre loi de la jungle, Pabl Servigne, Gauthier Chapelle, Les Liens qui libèrent, 2017.

Les Chasseurs-cueilleurs ou l'origine des inégalités, Alain Testart, Folio, 2022.

Composition
PRESS·PROD

Imprimé en France par
CPI Firmin-Didot
en août 2022

Dépôt légal : août 2022
N° d'impression : 171426
ISBN : 978-2-7499-5084-6
LAF : 3270